I0639533

Felix Philippi

Dagmar - Schauspiel in vier Aufzügen

Felix Philippi

Dagmar - Schauspiel in vier Aufzügen

ISBN/EAN: 9783743643673

Hergestellt in Europa, USA, Kanada, Australien, Japan

Cover: Foto ©Andreas Hilbeck / pixelio.de

Weitere Bücher finden Sie auf **www.hansebooks.com**

☞ **Manuscript.** ☜

Uebersetzungsrecht für alle Sprachen vorbehalten.

Für sämmtliche Bühnen im ausschließlichen Debit von

Felix Bloch Erben in Berlin, von welchen

allein das Recht der Aufführung zu erwerben ist.

Der Verfasser.

Dagmar.

Schauspiel in vier Aufzügen

von

Felix Philippi.

Reg. London Stat. Hall.

Berlin 1888.

Vertretung im Auslande.

für **Amerika, Canada, Australien:** Direktor Heinrich Conried, 13. W. 42 d. Street New-York.

für **Oesterreich-Ungarn:** J. Wild, Wien I. Friedrichstraße 2.

für **Schweden, Norwegen und Finnland:** Oscar Wilkander, Königlicher Hof-Intendant, Stockholm.

für **Dänemark:** Henrik Hennings, Königliche Hofmusikalien-Handlung, Copenhagen.

für **Rußland und Polen:** Mellin & Neldner, Buch- und Musikalienhandlung, Riga.

Dies Manuscript darf von dem Empfänger weder verkauft, noch verliehen, noch sonst irgendwie weitergegeben werden, bei Vermeidung der gerichtlichen Verfolgung wegen Mißbrauchs, resp. Schadloshaltung des Autors

Berlin 7. NW., Dorotheenstr. 30.

Felix Bloch Erben,
bevollmächtigte Vertreter des Autors.

Perfonen.

Graf Egon von Wildenwart.

Dagmar, seine Tochter.

Cornelie, seine Schwester, verw. Gräfin Bernrod.

Gräfin Alice von Türk.

Graf Paul von Melnikoff.

Baron von Dölsach, Hofmarschall.

Pastor Böhme.

Dr. Alfred Martinus, Arzt.

Dr. Gernsdorf, Notar.

Heckel, Standesbeamter.

Fräulein Leo.

Lange, Haushofmeister bei Graf Wildenwart.

Mehrere Diener.

Ort: Schloß Wildenwart. Zeit: Die Gegenwart.

Erster Aufzug.

(Im Schlosse Wildenwart.)

(Großer, düsterer Saal mit schwarzer Holztäfelung, mit großer Pracht eingerichtet. An den Wänden einige Ahnenbilder. Links vorne ein hohes Bogenfenster. Links und rechts Thüren. In der Breite hinten eine große, sehr weite Mittelthüre (mit Portière), welche, wenn geöffnet, einen Blick in einen prunkvoll eingerichteten Speisesaal gewährt. Es ist Abend.)

1. Scene.

Haushofmeister Lange (ist mit dem Anstecken einiger mehrarmiger Leuchter, ein) **Diener** (mit dem Kronleuchter beschäftigt).

Lange (zum Diener).

Lassen Sie das, Georg; der Herr Graf haben für heute Abend nur kleine Beleuchtung befohlen. Ist die Tafel fertig?

Diener.

Zu Befehl, Herr Lange, fünf Gedecke.

Lange (immer mit Würde und Vornehmheit).

Sie müssen sich, junger Mann, mehr Accuratesse angewöhnen, wenn Sie in großen Häusern serviren wollen. Ich hatte sechs Gedecke angeordnet.

Diener.

Ich bitte um Verzeihung, aber die Frau Gräfin meinten ..

Lange.

Schon gut, ich werde nachher inspiciren. (Diener nach Speisesaal ab; ihm nachrufend.) Und keine Blumen auf die Tafel, hören Sie, der Herr Graf lieben den Duft nicht. (Vor sich hinsprechend.) Seine Erlaucht, die Frau Gräfin, Graf Melnikoff, Doctor Martinus und ... ja, die Frau Gräfin wollen noch immer nicht daran glauben, und, wenn man es bedenkt, so ist es auch ... (Er zuckt die Achseln.)

Unverkäufliches Manuscript.

2. Scene.

Lange. **Dr. Alfred Martinus** (von links, im Gesellschaftsanzug).

Martinus.

Das ist recht, Herr Lange, daß Sie Licht machen. Es ist lange genug hier dunkel gewesen. (Sich vor das offene Kaminfeuer stellend.) Ah, wie behaglich das ist. Manch' Jahr vergangen, daß diese Räume nicht so festlich beleuchtet waren?

Lange.

Seit neun Jahren. Es war am 4. März 1878, als die Frau Gräfin Sophie starben.

Martinus.

Ganz recht. Ich entsinne mich ganz deutlich. Ich hatte meine Universitätsstudien grade beendet und fühlte mich nicht wenig stolz in meiner neuen Doctorwürde. Eines Abends trat mein Vater in mein kleines, von Tabaksqualm erfülltes Zimmer und sagte zu mir tiefgebeugt: „Ich komme soeben von Riedheim. Gräfin Wildenwart ist heute Mittag gestorben, die Gräfin wird übermorgen beigesetzt werden." Ihn, der die Dahingeschiedene verehrt und geliebt hatte, schmerzte es tief, ihr auch den letzten Dienst erweisen zu müssen; er ahnte nicht, daß er sobald folgen würde. Ja, das waren traurige Zeiten für uns Alle?

Lange.

Comteß Dagmar kehrte ja dann bald aus dem Genfer Pensionat zurück.

Martinus (jovial).

Ja, guter Alter, man kennt ja Ihre abgöttische Verehrung, welche Sie für die junge Gräfin von jeher hegten. Sie haben sie lange genug buchstäblich auf den Händen getragen, ein Dienst, welchem Sie sich, ich glaube, auch heute noch strahlenden Antlitzes unterziehen würden, wenn es sich mit Ihren Armen und vor Allem mit den Jahren der Comteß vertragen würde. Nun, Sie sind wohl ganz eitel Glück und Freude, daß Gräfin Dagmar heute wiederkommt?

Lange.

Nach fünfjähriger Abwesenheit. Sie wissen selbst, Herr Doctor, es ist einsam genug hier gewesen.

Martinus

Ja, das weiß der liebe Himmel! Die ewig langen Winterabende mit dem eintönigen Ecarté und Piquet zwischen Seiner Erlaucht und dem Pastor Böhme, die allabendliche spannungsvolle Erwartung der Frau Gräfin, ob es beim Patiencespiel ausgeht, die monotonen Vorlesungen des Fräulein Leo, welche sich mit dem Glockenschlag zehn Uhr unter ihren drei gräßlichen Verbeugungen empfahl ... Sie werden mir zugeben, mein lieber Herr Lange, daß man sein Leben nützlicher und angenehmer verbringen kann ... Niemals ein herzliches Lachen ... niemals ein Ton Musik ... ah, seien wir froh, daß wir diese Fastenzeit glücklich überstanden haben. Nun wird es mit Gräfin Dagmar's Einzug um so lebendiger und heller werden.

Lange (sich räuspernd).

Ich fürchte nur ...

Martinus.

Was?

Lange.

Daß die Comteß am Hofe vielleicht recht stolz geworden ist. Es liegt im Blut der Wildenwarts. Herr Doctor!

Martinus.

Was glauben Sie! Sie hat sich ihr gutes Herz bewahrt; den harmlosen, kindlichen Frohsinn der Jugend hat sie ja niemals besessen. In jedem Briefe, den sie mir schreibt, ließ sie — Sie wissen es ja — ihren „guten, lieben Lange" ganz besonders grüßen. Wissen Sie denn, Herr Haushofmeister, daß ich schon recht eifersüchtig auf Sie war?

Lange.

Ich glaube, dem Herrn Doctor niemals Anlaß gegeben zu haben.

Martinus.

In einem Briefe nannte sie Sie sogar ihren ältesten Freund, und dieses Vorrecht glaubte ich ganz allein für mich in Anspruch nehmen zu dürfen. (Ihn auf die Schulter klopfend.) Nun, wir wollen uns mit gleichen Rechten in diese Ehre zu theilen suchen. — Für wann soll der Wagen bereit sein, um die Gräfin von der Bahn abzuholen?

Lange.

Für präcise acht Uhr.

Martinus.

Findet Gräfin Dagmar in Ihrem Zimmer Blumen?

Lange.

Ich bedaure ... ich habe keinen Auftrag.

Martinus.

So wollen Sie, Herr Lange, den Schloßgärtner in meinem Namen bitten, das Nöthige in aller Eile zu besorgen. Die Gräfin hat von jeher die Blumen geliebt. Vergessen Sie, bitte,

Manuscript not for sale.

8

nicht, in meinem Namen. Der Herr Graf brauchen das nicht zu erfahren.

Lange.

Ich verstehe.

Martinus (sich umschauend, leise).

Und wann ... kommt ... die andere Dame?

Lange (mit Achselzucken, sich verbeugend).

Ich habe von Seiner Erlaucht keine Erlaubniß erhalten, darüber Auskunft zu geben.

Martinus.

Sie sind das Muster eines Haushofmeisters, mein lieber Herr Lange!

Lange (sich umwendend).

Die Frau Gräfin.

3. Scene.

Vorige. Gräfin Cornelie von Bernrod (von rechts, eine Dame von ungefähr sechszig Jahren).

Gräfin.

Guten Abend, mein lieber Martinus. (Er küßt ihr die Hand.) Für wann, Herr Lange, ist die Tafel angesagt?

Lange.

Für zehn Uhr.

Gräfin.

Sind die Zimmer für ... die Gräfin Türk in Stand gesetzt?

Lange.

Sehr wohl. Die vier im Parterregeschoß des westlichen Flügels gelegenen Gartensäle.

Gräfin (setzt sich).

Ist meine Lectüre schon hier? (Sie findet diese auf dem Tisch.) Ah ja, ganz recht, meine gute Leo vergißt das nicht. Ich danke, Herr Lange. (Lange verbeugt sich tief, ab nach Speisesaal.)

4. Scene.

Gräfin. Martinus.

Gräfin (sich umschauend).

Ein ungewohnter Anblick! Helle und Wärme!

Martinus (ein Buch ergreifend).

Darf ich mir gestatten, Frau Gräfin, in dem Roman fortzufahren, selbst auf die Gefahr hin, mir Fräulein Leo's Gunst gänzlich zu verscherzen?

Gräfin.

Lassen wir es für heute. Ich bin nicht in der Stimmung, und selbst Ihre vortreffliche Vortragskunst würde meine Gedanken nicht zu fesseln vermögen.

Martinus.

Ja, die schweifen heute gar weit. Noch eine Stunde und Sie halten Ihren Liebling in den Armen. Das wird eine Freude des Wiedersehens geben!

Gräfin (in Gedanken).

Eine bange Freude des Wiedersehens! Nach langen vier Jahren.

Martinus.

Eine bange Freude? Sie sagen das, Frau Gräfin, mit so viel Trauer in Ausdruck und Mienen? Und haben doch so viel Grund, sich zu freuen. Denn die Rückkehr Dagmar's in das väterliche Haus ist doch einzig und allein Ihr Werk, und daß es Ihnen gelang, die Einwilligung des Grafen zu erhalten, das, dächte ich, muß Sie doch mit freudigem Stolz erfüllen.

Gräfin.

Sie irren, mein Bruder selbst hat die Rückkehr seiner Tochter gewünscht. Er selbst hat — das erste Mal in seinem Leben — an Dagmar geschrieben.

Martinus.

Ganz recht, aber doch wohl erst, nachdem es Ihrer gütigen Fürsprache gelungen war, endlich die ... Mißverständnisse zu zerstreuen, welche sich zwischen Vater und Tochter gedrängt hatten. So werden sich heute Abend die Beiden, die in Groll und Haß von einander schieden, in versöhnlicher Liebe gegenübertreten. Und daß in dieses Haus, dem ich so zahllose Wohlthaten verdanke, wieder das Glück einzieht, das sich so lange von ihm gewendet, das, Frau Gräfin, macht mich in innerster Seele froh und zufrieden.

5. Scene.

Vorige. Graf Wildenwart (aus dem Speisesaal tretend, noch zu dem dort sichtbaren Herrn Lange sprechend).

Wildenwart.

Steinberger Cabinet, Burgunder und Champagner. Ich bin mit den Arrangements zufrieden, Herr Lange. (Er ist in Gesellschaftstoilette.)

Martinus (verbeugt sich tief vor ihm).

Unverkäufliches Manuscript.

Wildenwart.

Ah, sieh' da, Herr Doctor Martinus, vortrefflich, daß ich Sie finde. (Er küßt der Gräfin die Hand.) Ich habe eine Bitte an Sie. Ich selbst bin leider verhindert, meiner Tochter Dagmar bis zum Bahnhof entgegenzufahren. Wir erwarten noch heute Abend Besuch, und diesem muß ich unbedingt die Ehre der Begrüßung erweisen. Meiner Schwester, der Frau Gräfin, kann ich unmöglich die Strapazen einer einstündigen Fahrt auf der schlechten Landstraße zumuthen.

Gräfin.

Ich bin bereit, Dagmar an der Bahn zu bewillkommnen.

Wildenwart.

Bitte, bemühe Dich nicht. (Zu Martinus.) Dürfte ich Sie also ersuchen, meine Stellvertretung beim Empfange der Comteß zu übernehmen? Es wird Dagmar freuen, auf heimischem Boden von einem ihrer lieben Freunde, von dem Gespielen ihrer Jugend, begrüßt zu werden und (leise) auch Ihnen wird wohl das Opfer, das ich von Ihnen verlange, nicht zu schwer erscheinen.

Martinus.

Erlaucht, ich weiß die hohe Ehre zu schätzen.

Wildenwart.

Und an Stoff zum Plaudern wird es ja den jungen Herrschaften wohl auch nicht fehlen.

Martinus (sich verbeugend, links ab).

6. Scene.

Vorige, (ohne) Martinus.

(Pause, während welcher Wildenwart einige Male durch den Saal geht.)

Wildenwart.

Finde ich Dich heute in besserer Stimmung, als ich Dich gestern verließ? Deine düstere Kleidung entspricht wenig dem Tage.

Gräfin (erhebt sich, um zu gehen).

Wildenwart.

Ich bitte Dich, zu bleiben. Ich habe noch Manches mit Dir zu besprechen. Du wirst hoffentlich milder denken. Es kam zu unerwartet. Der einzige Fehler, den ich vielleicht beging, war, Dir nicht früher meine Absichten mitzutheilen. Ich bitte deswegen um Entschuldigung. Ich wollte Erörterungen ausweichen, welche mir ja nun doch nicht erspart zu bleiben scheinen, und welche — ich will nicht verfehlen, dies hinzuzufügen — völlig nutzlos sind.

Gräfin.

Beabsichtigst Du, Dagmar noch heute Alles zu sagen?

Wildenwart.

Ich halte es, bei ihrem Charakter, für das Richtige, sie nicht einen Augenblick, nachdem sie dieses Haus betreten, im Dunkeln über ihre Zukunft zu lassen, und, da ich selbst heute Abend kaum in der Lage sein werde, möchte ich Dich bitten, ihr das Nöthige mitzutheilen.

Gräfin.

Ich?

Wildenwart.

Sie wird es aus Deinem Munde lieber hören. Du hast ihr ja stets näher gestanden.

Gräfin (langsam).

Weil ich sie geliebt habe.

Wildenwart.

Sie hat es die fünf Jahre, welche sie am Hofe verbrachte, nicht über sich gewinnen können, mir eine Zeile zu schreiben . . .

Gräfin.

Sie wußte, daß sie keine Antwort von Dir zu erwarten hätte!

Wildenwart.

. . . während wohl keine Woche verging, ohne daß Du sehr umfangreiche und vermuthlich sehr liebevolle Briefe von ihr empfingst.

Gräfin.

Ich habe sie geliebt und (ruhig) Du hast sie gehaßt vom ersten Augenblicke ihres Lebens.

Wildenwart (auffahrend).

Cornelie!

Gräfin.

Gehaßt! Jawohl. Weil die Natur so launisch war, Dir statt des erhofften Sohnes eine Tochter zu schenken.

Wildenwart.

Du irrst!

Gräfin.

Und dieser Haß wuchs immer mächtiger, als Dich einige Jahre später Sophie verließ, um in Einsamkeit ihr Leben auf Riedheim zu vertrauern, und damit die Hoffnung schwand, den stolzen Namen der Wildenwarts fortgepflanzt zu sehen.

Wildenwart.

Nicht das Kind, nur seinen unbeugsamen, harten Willen habe ich gehaßt.

Manuscript not for sale.

Gräfin.

Du haft ihr zum Vorbild gedient! Oder hielteſt Du es der Mühe werth, Dir die Seele dieſes Kindes zu eigen zu machen? (Leiſe.) Ich will es Dir ſagen, woran ſich ihr Trotz ſtählte, woran ihr harter Sinn Dir gegenüber erſtarkte: an dem unbewußten und dennoch ſicheren Gefühl, daß Du ihre Mutter unglücklich gemacht haſt!

Wildenwart (heftig).

Wer kann es wagen, das zu behaupten?

Gräfin (ruhig).

Ich! (Pauſe.) Als ich von der plötzlichen Trennung hörte, eilte ich vom Krankenlager meines Mannes hierher. Ich that, was in meinen Kräften ſtand, Euch zu verſöhnen. Nicht an ihr, an Deinem Trotze ſcheiterte all' mein Bemühen. Nie kam ein Wort der Klage über ihre Lippen, nur Sehnſucht empfand ſie nach ihrem Kinde.

Wildenwart.

Du weißt, daß Dagmar jedes Jahr einige Tage bei ihrer Mutter verbringen durfte.

Gräfin.

Einige Tage! Eine karge Zeit für die Liebe einer Mutter! Aber, ſtatt die Beiden von einander zu trennen, haſt Du ſie nur feſter an einander gekettet. Das einſame düſtere Leben der traurigen Frau rührte das Kind. Für Groll und Haß, dem ſie hier begegnete, tauſchte ſie dort Liebe und Hingebung ein; iſt es ein Wunder, daß ſich Dagmar ihr zuwandte? Mit 16 Jahren kehrte ſie dann, nach dem plötzlichen Tode ihrer Mutter, aus der Genfer Penſion zurück. Fremd ſtandet Ihr Euch gegenüber!

Wildenwart (für ſich).

Wie ſie mir wehe thut!

Gräfin.

Die Jugend, welche Du dem Kinde zu einer freudeleeren geſtaltet hatteſt, begann erſt ſich zu verſchönen und zu erhellen, als ich nach dem Tode meines Gatten dieſes Haus betrat.

Wildenwart.

Ich verbiete Dir, mit Dagmar über ihre Mutter zu ſprechen.

Gräfin.

Das Verbot kommt zu ſpät.

Wildenwart.

Haſt Du es vielleicht ſelbſt für nöthig befunden? . . .

Gräfin.

Nie ist über Vergangenes ein Wort über meine Lippen gekommen. Sie selbst hat es geahnt. Als sie vor fünf Jahren Abschied nahm und wir in Zärtlichkeiten wetteiferten, um uns die bange Stunde der Trennung zu erleichtern, da kniete sie vor mir nieder, und mit all' jener Liebe im Ausdruck, deren nur sie fähig ist, fragte sie mich leise und angstvoll: „Warum hat meine Mutter einsam gelebt, warum ist sie einsam gestorben?" Sie selbst hat mir die Antwort erspart. Denn plötzlich, mit einem Gesicht, das wie versteinert schien, schluchzte sie auf: „Die arme Frau!"

Wildenwart (bitter).

Die arme Frau!

Gräfin.

In diesem Augenblicke hatte sie Alles begriffen, in diesem Augenblicke hattest Du Dein Kind verloren! (Pause.) Auf Deinen Befehl ging sie dann als Hofdame der Herzogin in die Residenz.

Wildenwart (immer ohne Härte, nur fest entschlossen).

Sie hat sich, wie ich höre, in dem Glanze und der Geselligkeit des Hoflebens sehr wohl gefühlt.

Gräfin.

Mit dem Gedanken, keine Heimath zu haben? Nicht einmal den Schein eines guten Einverständnisses suchtest Du vor dem Hofe zu wahren, ... Du hast Jahr um Jahr vergehen lassen, ohne auch nur an eine Begegnung mit ihr zu denken. Du hast sie damals in die Welt gewiesen, unter fremde Menschen, Du rufst sie heute, nach vier langen Jahren, zurück, um sie einem fremden Manne zu vermählen. Was kümmert's Dich, wenn sie zu Grunde geht!

Wildenwart.

Du wirst selbst einsehen, daß sie hier nicht bleiben kann.

Gräfin.

Laß sie am Hofe! Man ist ihr dort zugethan!

Wildenwart.

Nein.

Gräfin.

Sie wird Deinen Befehlen nicht mehr so willig folgen.

Wildenwart.

Sie muß es.

Gräfin.

Eine Andere, als sie gegangen, wird sie wiederkommen.

Wildenwart.

Gleichviel!

Unverkäufliches Manuscript.

Gräfin.

Sie ist noch freier und selbstständiger im Fühlen und Denken geworden. Ihre Briefe beweisen mir das.

Wildenwart.

Dagmar ist jetzt 25 Jahr. Ich will sie jetzt an feste und unlösbare Verhältnisse gefesselt sehen ...

Gräfin.

... damit sie Dir Deine eigenen, welche Du Dir schaffen willst, nicht zerstören kann. Ich verstehe Dich nur zu gut. Damit sie Dich nicht an Deine erste unselige Ehe gemahne, damit sie nicht, an Gestalt und Zügen der Todten ähnlich, als eine lebendige Erinnerung an jene fürchterliche Zeit hier umhergehe.

Wildenwart (düster).

An jene fürchterliche Zeit! (Unmuthig.) Wozu die vielen Worte? Dagmar wird Gräfin Melnikoff!

Gräfin.

Er ist ein Wüstling, ein Spieler. Wage es nicht, sie unglücklich zu machen, wie Du Jene elend machtest.

Wildenwart.

Dagmar ist mein Kind, und mir allein steht das Recht zu ...

Gräfin.

Du hast es verwirkt. Dieses Recht, welches Dir die Natur über sie verlieh, hast Du vergeudet wie ...

Wildenwart.

Cornelie, ich dulde diese Sprache nicht.

Gräfin.

... hast Du hingeschleudert, und nicht geahnt, was Du damit verlierst. Dieses Recht, über sie zu wachen, habe ich mir erworben. Sie wird meiner Hülfe nicht bedürfen, sie wird sich selbst zu wehren wissen. (Mit Energie.) Ihrer Mutter hätte sie jedes Opfer gebracht, Dir bringt sie keins! (Lange Pause.)

Wildenwart.

Ich habe Dich nur zu bitten, der Gräfin Alice von Türk mit jener Achtung zu begegnen, welche meiner zukünftigen Gemahlin zukommt.

Gräfin.

Du wirst über kein Verletzen der äußeren Formen zu klagen haben, und das umsoweniger. als ich dieses Haus bald verlassen und nach Riedheim übersiedeln werde.

Wildenwart.

Das Schloß ist groß genug, um ...

Gräfin.

Ich werde dennoch gehen.

Wildenwart.

Ich liebe keinen Eclat.

Gräfin.

Danach habe ich in diesem Falle nicht zu fragen.

Wildenwart.

Du wirst bleiben, Cornelie!

Gräfin.

Nein.

Wildenwart.

Ich werde morgen mit Dagmar sprechen. Bis dahin wird sie ja durch Dich von der Umgestaltung der äußeren Verhältnisse unterrichtet sein. Und wann beabsichtigst Du, dieses Schloß zu verlassen?

Gräfin.

Sobald ich meine Pflicht gethan.

7. Scene.

Vorige. Lange.

Lange.

Herr Graf von Melnikoff bitten um die Ehre.

Wildenwart.

Ich lasse bitten. (Lange ab.)

Gräfin.

Ich bitte, mich bei dem Herrn Grafen zu entschuldigen. (Ab rechts.)

8. Scene.

Wildenwart. Melnikoff. (im Gesellschaftsanzuge, von links*).

Melnikoff (sich verbeugend).

Herr Graf!

Wildenwart (sehr kalt).

Da sind Sie ja. Pünktlich wie immer.

Melnikoff.

Würden mir der Herr Graf den Vorzug gönnen, Comteß Dagmar entgegenzufahren?

Wildenwart.

Zu spät. Herr Doctor Martinus war bereits so gütig.

---

*) Die Rolle ist mit leichtem russischem Accent zu sprechen.

Manuscript not for sale.

Melnikoff.

Ich höre diesen Namen hier sehr oft.

Wildenwart.

Martinus ist mir treu ergeben und dankbar. Ich habe ihn, den Sohn meines alten Freundes und Arztes, erziehen und studiren lassen. Ich habe das niemals zu bereuen gehabt. Er hat in seinem Beruf Tüchtiges geleistet und sich einen geachteten Namen errungen. Er ist meiner Familie und namentlich Comteß Dagmar aus früher Jugend attachirt Deshalb soll er der erste sein, der ihr die Hand zum Willkomm reicht.

Melnikoff.

Weiß Herr Doctor Martinus, daß ich die Comteß um ihre Hand bitten werde?

Wildenwart.

Nein.

Melnikoff.

Herr Graf, wollen Sie mir noch einige Augenblicke Gehör schenken?

Wildenwart (sieht nach der Uhr, sehr kalt).

Ich bitte, kurz zu sein.

Melnikoff.

An dem heutigen Tage, welcher über mein späteres Leben entscheidet, welcher mich hoffentlich Ihrer Familie verbindet, fühle ich mich Ihnen zu einer Erklärung verpflichtet.

Wildenwart.

Diese wäre?

Melnikoff.

Als ich durch den Tod meines Bruders, des Majorathsherrn, plötzlich unabhängiger Erbe eines fürstlichen Vermögens wurde, habe ich mich hauptsächlich mit einer Kunst beschäftigt, mit der Kunst, das Leben kennen zu lernen. Sie wissen selbst, Herr Graf, es ist das nur ein beschönigender Titel für allerhand Thorheiten, mit denen wir unsere Zeit, unsere Thatkraft, unsere Gesundheit und unser Geld zu vergeuden pflegen. Es ist das — so sagt man — oder vielmehr, so sagen wir, ein Vorrecht unseres Standes. In diesen stürmischen Jahren pflegen die Frauen die größte Rolle zu spielen. Ich bin mit offenen Augen, offenem Herzen und offener Börse durch die Welt gestürmt, von Genuß zu Genuß, ohne Befriedigung, ohne Reue! Nur einmal, vor zehn Jahren, bin ich einem Mädchen begegnet, dem es gelang, all' mein Sinnen und Fühlen zu fesseln. Herr Graf, ich war bereits einmal verlobt. Die Dame . . .

Wildenwart.

Aus unſerer Sphäre?

Melnikoff.

... die Dame, die Tochter eines hohen Ariſtokraten, hatte
es dann plötzlich für richtig befunden, ihr gegebenes Wort
ſchriftlich von mir zurückzuverlangen, und zwar mit einer Leiden=
ſchaftlichkeit, mit einem Trotze, die mir gar keine Wahl mehr
ließen. Es iſt das eine recht alltägliche Geſchichte, aber mir
hat ſie damals, wie es im Liede heißt, das Herz gebrochen.

Wildenwart.

Und wozu geben Sie mir jetzt dieſe Erklärung? **164**

Melnikoff.

Um meine Handlungsweiſe Ihnen gegenüber, Herr Graf,
milder erſcheinen zu laſſen. Denn von jenem Tage an, an dem
mich jenes Mädchen zurückſtieß, bin ich, verzweifelt und halt=
los, immer weiter dem Verderben entgegengedrängt worden ...
bis hierher.

Wildenwart (nach kurzer Pauſe, in welcher er ihn verächtlich angeſehen).

Und jetzt haben Sie mir wohl Nichts mehr zu ſagen?

Melnikoff.

Noch einen Augenblick, wenn Sie geſtatten. Glauben Sie,
Herr Graf, daß Dagmar meinem Antrage zuſtimmen wird?

Wildenwart (ſehr kalt).

Sie haben mein Wort, und das hat Ihnen zu genügen.

Melnikoff.

Wenn ſie ſich aber dennoch nicht fügt ...

Wildenwart (ungeduldig).

Sie muß es.

Melnikoff.

Herr Graf, Sie wiſſen, was von dem Zuſtandekommen
dieſer Ehe für Sie, für mich abhängt. Ich wiederhole es: ich
liebe Ihre Tochter. Seit ich ſie geſehen, iſt wieder eine Hoffnung
in mir erwacht, eine Hoffnung auf neues Leben. Nicht Ihre
Reichthümer, Herr Graf, verlange ich. Ich wies ſie zurück, nur
der Beſitz Dagmar's kann mich, den Schiffbrüchigen, retten. Und
um dieſen Beſitz will ich kämpfen, weil ich in ihm meine Rettung
erblicke; weil ich fühle, daß ſie mich läutern, mich zu ſich empor=
ziehen kann. Wird ſie mein Weib, ſo will ich in ehrlicher Reue ...

Wildenwart (verächtlich).

Genug!

Unverkänfliches Manuſcript.

Melnikoff (kalt).

Herr Graf, Sie haben es mit einem Manne zu thun, der Nichts verlieren kann, aber Alles gewinnen, der vor Nichts zurückschreckt, um zu seinem Ziele zu gelangen. (Nach kurzer Pause.) Willigt Comteß Dagmar nicht ein, dann . . .

Wildenwart.

Dann?

Melnikoff (kalt).

So kenne ich keine Schonung. Sie wissen, ich habe die Waffen in der Hand, Sie zu verderben und Ihren Namen für alle Zeiten zu brandmarken. Sie werden mir also bis Morgen das Jawort der Comteß verschaffen?

9. Scene.

Vorige. **Lange** (von links, mit Hut und Mantel des Grafen).

Widenwart
(Lange ist ihm behilflich; mit völlig verändertem, verbindlichem Tone zu Melnikoff).

Ich muß Sie nun Ihrem Schicksal überlassen und meinem Gast entgegenfahren. Vielleicht vertreiben Sie sich die Zeit ein wenig mit Lectüre? Herr Lange, bitte, führen Sie den Herrn Grafen in die Bibliothek und sorgen Sie für jede Bequemlichkeit.

Lange (zu Melnikoff).

Darf ich bitten, Herr Graf? (Mit Melnikoff links ab.)

10. Scene.

Wildenwart (ihm nachsehend. Dann) **Lange.**

Wildenwart.

Und in die Hand dieses Schurken bin ich gegeben . . . machtlos, unrettbar! Kein Ausweg, keine Hülfe! Wenn aber Dagmar in ihrem unbeugsamen Stolz all' meinen Bitten, meinen Befehlen ein Nein entgegensetzt? So bleibt nur das Eine: ihr Alles zu entdecken. Doch nein, unmöglich! Das Geheimniß, welches ich seit langen Jahren gewahrt habe, unter dem ich gelitten, ich will es mit mir nehmen für immer! (Er steht in Gedanken.)

Lange (von links).

Erlaucht, der Wagen!

Wildenwart.

Ich komme schon! (Links mit Lange ab.)

11. Scene.

Gräfin Bernrod (von rechts. Dann) **Fräulein Leo.**

Gräfin (tritt an's Fenster).

Wenn Dagmar ihm nur nicht begegnet! Nein, er nimmt den Weg durch die große Allee. Ihn treibt es nicht, sein Kind zu umarmen. Er jagt einem anderen Glücke nach. Wenn ein Mann, so weltscheu, so trotzig, sich in seinen Jahren noch einmal zu einer Ehe entschließt, kann nur Liebe ihn dazu bewegen. War er denn jemals wahrer Liebe fähig? Niemals. Er hat nicht sein Weib geliebt, nicht sein Kind! Und ein Mädchen sollte dieses Wunder vollbringen können? (Sie steht in Gedanken am Fenster.)

Fräulein Leo
(von links, macht drei förmliche Verbeugungen).

Gräfin (wendet sich um).

Ah, guten Abend, liebe Leo.

Fräulein Leo
(küßt der Gräfin ceremoniell die Hand und schlägt ein Buch auf).

Ist es gestattet fortzufahren?

Gräfin (nickt).

Fräulein Leo (liest).

„Die Vernunftehe wird so genannt, weil sie die unver= nünftigste unter allen denkbaren Arten der Ehe ist. Der Drang nach Liebe ist aus dem Herzen der Menschen nicht zu entwurzeln, und sucht mit fortwährender unendlich schmerzhafter Spannung einen Ausweg aus den starren Wänden des legalen und gesell= schaftlichen Conventionalismus."

Gräfin.

Sehr wahr!

Fräulein Leo (lesend).

„Die conventionelle Ehe bringt Diejenigen, welche sie ein= gehen, früher oder später in einen Conflict zwischen beschworenen Pflichten und der unausrottbaren Liebe, und läßt ihnen nur die Wahl zwischen Gemeinheit und Untergang." (Absichtlich.) Dies ist der Schluß des Kapitels.

Gräfin (lächelnd).

Legen Sie nur das Buch bei Seite, liebe Leo. Ich weiß ja, daß es Ihnen ein horreur ist, wie Sie sich ausdrückten, über so heikle Dinge nachdenken, geschweige, sie lesen zu müssen.

Fräulein Leo.

Ja, Frau Gräfin, ich muß gestehen, in meiner zwanzigjährigen Thätigkeit — ich darf wohl sagen, zwanzigjährigen, denn ich bin

Manuscript not for sale.

nun neunzehn Jahre und 264 Tage hier auf dem Schloſſe —
iſt mir niemals, weder von Seiner Erlaucht, noch von der
Frau Gräfin die Zumuthung gemacht worden, ein ſo unſittliches
Buch in die Hand zu nehmen, wie dieſe „conventionellen
Lügen".

Gräfin.

Das Buch zeugt von großem Scharfſinn und tiefer Menſchen=
kenntniß.

Fräulein Leo.

Es deckt rückſichtslos Gebrechen der Geſellſchaft auf, ohne
ſie heilen zu können.

Gräfin.

Was ſollte alſo, Ihrer Meinung nach), ein Mädchen be=
ginnen, welches ungefragt in eine ihm widerwillige Ehe getrieben
wurde? Was ſoll das Mädchen thun, wenn es den Mann,
an welchen es gefeſſelt wurde, nicht ehrt, nicht liebt, ſondern
verachtet?

Fräulein Leo.

Ausharren!

Gräfin.

Sie ſind, bei all' Ihrer Gutmüthigkeit, eine vortreffliche
Schülerin des Grafen Wildemwart. Für ein Geſchöpf alſo, das,
unglücklich und liebeleer, würden Sie kein Mitleid empfinden?

Fräulein Leo.

Nein.

Gräfin (für ſich).

Arme Dagmar, nicht einmal Mitleid! (Pauſe.) Sagen Sie
mir doch, liebe Leo, eine Frage, welche ich ſchon lange an Sie
richten wollte. (Abſichtslos.) Wiſſen Sie vielleicht zufällig, wer hier
auf dem Schloſſe ein Anhänger von Zola iſt?

Fräulein Leo (betroffen).

Nein . . . das weiß ich) . . . nicht!

Gräfin (abſichtslos).

Es fällt mir ſchon ſeit geraumer Zeit auf, daß auf jeder
der buchhändleriſchen Anſichtsſendungen der berühmte franzöſiſche
Naturaliſt vertreten iſt. Daß Graf Wildemwart kein Freund
derartiger Lectüre, iſt wohl ſelbſtverſtändlich, und auch in der
Bibliothek Seiner Erlaucht fand ſich — wie mir Herr Lange
ſagte, kein einziger Band vor. Und dennoch muß ſich hier
Jemand ganz beſonders für dieſes Genre intereſſiren, denn die
Bände ſind ſämmtlich behalten worden.

Fräulein Leo (verlegen).

Wahrſcheinlich von Herrn Lange.

Gräfin.

Aber, Fräulein Leo, wie können Sie nur den würdigen Greis so verdächtigen!

Fräulein Leo.

Alter schützt vor Thorheit nicht!

Gräfin (völlig beziehungslos).

Ich bitte Sie also, meine Liebe, veranlassen Sie, daß ich bald den glühenden Bewunderer, den der Romancier unter dem Personale des Schlosses gefunden, erfahre. Es würde mich das sehr interessiren. (Pause; sie schaut wieder zum Fenster hinaus; tiefe Stille; plötzlich beleben sich ihre Züge; sie steht auf.) Graf Wildenwart kehrt zurück? ... Ohne die Gräfin? ... Was bedeutet das? ... (Aufschreiend.) Es ist Dagmar! (Fräulein Leo links ab.) Ja, komme nur! (Ihr immer zuwinkend.) Fliege ... eile ... nach fünf Jahren ... endlich ... endlich ... ich will ihr entgegen ... (sie hält sich am Stuhle fest) ich vermag es nicht ... auch die Freude kann die Glieder lähmen ... (Kurze Pause, während welcher sie mit ausgebreiteten Armen nach der rechten Thüre blickt.)

12. Scene.

Gräfin. Dagmar. Martinus. Lange.

(Die rechte Thür wird heftig aufgerissen, man hört Dagmars Stimme: „Wo, wo ist sie?")

Martinus (voran).

Da bringe ich sie Ihnen wieder, Frau Gräfin!

Dagmar (stürzt mit einem jubelnden Schrei auf die Gräfin zu).

Gräfin (sie stürmisch an ihre Brust drückend).

Dagmar, mein Kind, mein holdes Kind! (Langes stummes Spiel.)

Martinus (zu Lange).

Herr Lange, ich bin mir in meinem ganzen Leben noch nicht so überflüssig vorgekommen, wie in diesem Augenblicke, und ich glaube in Ihren würdigen Zügen lesen zu können, daß auch Sie für Ihre werthe Person meine Ansicht theilen! (Leise zu Lange, der ganz in Dagmars Anblick verloren.) Kommen Sie nur, alter Schwärmer, Sie können auch nachher noch die junge Comteß begrüßen. Kann ich dem Herrn Hofmarschall meine Aufwartung machen?

Lange.

Der Herr Baron sind soeben bei der Toilette. (Beide rechts ab.)

13. Scene.

Gräfin. Dagmar.

Gräfin
(sitzend, der vor ihr knieenden Dagmar das Haar streichelnd).

Wie schön bist Du geworden!

Unverkäufliches Manuscript.

Dagmar (voll Anmuth).

Und weiter haft Du mir Nichts zu fagen, nach fo langer Trennung?

Gräfin (fie immer betrachtend).

Fünf Jahre haft Du mich allein gelaffen ... fünf endlos lange Jahre! Haft Du denn gar keine Sehnfucht nach diefen alten Zügen empfunden? (Mit überftrömendem Gefühl fie wieder umarmend.) Nun halte ich Dich feft und laffe Dich nicht wieder! (Stummes Spiel.)

Dagmar (auffiehend).

Martinus hat mir schon gefagt, daß ich Dich wohl und heiter finden würde.

Gräfin (gezwungen).

Ja, ganz wohl und heiter.

Dagmar.

Nun wollen wir uns auch tüchtig ausplaudern während der wenigen Tage, die ich hier bleiben kann. Du mußt mir Alles, Alles erzählen, ... was Du gethan und gedacht und erlebt haft ... oh ... das werden schöne Stunden werden!

Gräfin.

Willft Du denn Wildenwart fobald wieder verlaffen?

Dagmar.

Ich habe der Herzogin Marie das Verfprechen geben müffen, in fpäteftens acht Tagen wieder in der Refidenz zu fein. Sie behauptet, ohne mich nicht leben zu können. Und damit fie ficher ift, daß ich mein Wort halte, hat fie mir unferen guten Hofmarfchall, Baron Dölfach, mitgegeben. Unter feinem Schutze foll ich wieder ...

Gräfin.

Hat Dir das Leben am Hofe gefallen?

Dagmar.

Zerftreuung und Anregung giebt es dort genug. Die Tage fliehen dahin. Man lernt vergeffen und kommt nicht zur Einkehr in fich felbft. (Sie geht im Saale umher.)

Gräfin (für fich).

Nach dem Vater fragt fie nicht. Ich wußte es, fie kommt wie fie gegangen.

Dagmar (fich umfchauend).

Wie mich das hier Alles fo ernft, fo feierlich, fo fremd berührt! (In Gedanken.) So fremd! In diefem Saale hatte man meine Mutter aufgebahrt! (Paufe; fie geht zur Mittelthür, hebt die Portière und fieht in den befferleuchteten Speifefaal). Ah! da ftrömt es Einem ja ganz wohlig entgegen! Ein fo glänzender Empfang für mich? Das wundert mich).

Gräfin.

Wir erwarten heute Abend noch Gäfte!

Dagmar (leicht).

Und denen soll ich wohl die Honneurs machen? Als ob Du das nicht viel, viel besser verstündest! Hat man mich deswegen so schnell hierhergewünscht? Ist man denn hier auf Wildenwart plötzlich so gesellig geworden? Das würde mich für Dich freuen.

Gräfin.

Gräfin Türk und Graf Melnikoff werden mit uns speisen.

Dagmar.

Ein Brautpaar?

Gräfin.

Nein.

Dagmar.

Namen, die ich niemals gehört.

Gräfin.

Du wirst Dich an ihren Klang gewöhnen müssen.

Dagmar.

Ah! In diesen wenigen Tagen, die ich hier bleibe?

Gräfin (langsam).

Du wirst länger bleiben müssen, als Du glaubst.

Dagmar.

Wenn Du es wünschest, werde ich den Hofmarschall zu überreden suchen. (Kurz.) Sonst nicht!

Gräfin (langsam).

Dein Vater wünscht, daß ... Du ... nicht mehr an den Hof zurückkehrst!

Dagmar (stolz).

Mein Vater? ... (Gedankenvoll.) Mein Vater! ... (Ihre Züge beleben sich, plötzlich mit einem Freudenschrei.) Mein Vater? (Hervorsprudelnd.) Empfindet er endlich Sehnsucht nach seinem Kinde? ... Treibt es ihn endlich, mich an sein Herz zu drücken und mir in einem langen, liebevollen Blicke zu sagen: „Vergiß, was ich an Dir gefehlt ... vergiß, daß ich Dich um Deine Jugend betrog ... vergiß, daß ich Dir ein Fremder war, daß ich Dich nicht verstand, nicht verstehen wollte? Aber nun komm' an dieses Herz, das für Dich, nur für Dich schlägt!" Will er das zu mir sagen? ... hat er mich deswegen hierhergerufen ... soll ich deswegen hier bleiben? Oh, ich lese es in Deinen Mienen ... ja, es ist so, wie könnte es auch anders sein! Nun werde ich zu leben beginnen! (Jubelnd.) Wie will ich jubelnd an seine Brust fliegen und sie erwärmen mit heißer, inniger Kindesliebe! Und ich will zu ihm sprechen: „Nichts von vergessen ... Nichts von verzeihen ... laß uns jetzt leben ... laß uns jetzt uns lieben! (Auf die Gräfin zueilend.) Nun sind all' diese düstren Schatten ver=

Manuscript not for sale.

flogen und Licht und Wärme werden hier einziehen! Fort . . . fort . . . ihr Gespenster . . . ihr habt keine Macht mehr über uns! . . . Als ich an Martinus Seite hierherfuhr, und er mir mit seinem herzlichen Lachen die bangen Gedanken hinwegplaudern wollte, da hatte ich nur den einen Gedanken: „Wie wirst Du ihn finden?" Bei jedem Felde, an dem wir vorüberflogen, bei jedem Baume, der sich grüßend vor mir senkte, immer nur den einen Gedanken: „Wie wirst Du ihn finden?" Nun ist, wie mit einem Zauberschlage, all' der häßliche Spuk verflogen . . . ich werde beglücken können und glücklich sein! (Ueberstürzend.) Wo, wo ist er? Ich will ihm entgegen . . . Und all' das danke ich Dir, Du gütige Vorsicht, denn ich weiß, ich fühle es . . . all' dieser Segen kommt von Dir! (Schluchzend vor der Gräfin auf die Kniee sinkend.) O, Du theuerste, mütterliche Freundin: ich habe meinen Vater wieder! (Sie birgt ihr Gesicht in der Gräfin Schooß. Lange, tiefe Pause.)

Gräfin (ihr zärtlich das Haar streichelnd, für sich).

Ich bringe es nicht über das Herz.

Dagmar (springt auf).

Ist er krank? Warum kommt er mir nicht entgegen? Quäle und foltere mich nicht.

Gräfin (sich erhebend).

Dagmar . . . Dein Vater hat Dich hierhergerufen . . . (Pause, Dagmar starrt sie angsterfüllt an.) . . . um Dir zu sagen, daß . . .

Dagmar.

Mein armes Herz hat mich betrogen?

Gräfin (nickt langsam).

Dagmar
(schaudert zurück und fällt mit einem furchtbaren Schrei auf das Fauteuil. Lange Pause, nur unterbrochen von Dagmar's krampfhaftem Schluchzen).

Gräfin.

Dagmar, höre mich ruhig an. Dein Vater hatte nicht den Muth, es Dir zu sagen: Du sollst heirathen!

Dagmar (aufspringend).

Laß mich fort . . . aus diesem Hause . . . nicht eine Nacht will ich hier verbringen.

Gräfin.

Graf Paul von Melnikoff hat um Dich geworben. Du wirst seine Frau werden. Dein Vater wird es Dir befehlen.

Dagmar.

Befehlen? Und wenn ich diesem Befehle nicht Folge leiste?

Gräfin.

Er wird Dich zwingen.

Dagmar.

Der große Rechenkünstler! Das also soll der Abschluß meiner Jugend sein, meines jämmerlich verfehlten Lebens?

(Heftig.) Dazu hat man mich hierhergerufen, das konntest Du dulden, Du?

Gräfin.

Ich habe ihn gebeten, beschworen, ich habe mit aller Energie gekämpft für Dich . . . es war umsonst. Graf Melnikoff . . .

Dagmar.

Nichts mehr von ihm! Ein Mann, der, ohne die Liebe des Mädchens zu besitzen, (voll Hohn) mit dem Vater handelseinig zu werden sucht, ist feig und verächtlich! Ich will Nichts mehr von ihm hören. (Mit bitterem Lachen.) „Du sollst heirathen!" — Ich habe einmal im Theater eine Comödie gesehen, in welcher ein Vater seine Tochter in eine ihr verhaßte Ehe zwang, um sich vor finanziellem Ruin zu retten. Das Publikum war sehr gerührt und die Damen im Parterre weinten über das Opfer des willenstarken Mädchens. Ein solches Opfer wird Seine Erlaucht, Reichsgraf Wildenwart, der Standesherr auf Riedheim und Wildenwart, der Besitzer eines Vermögens, um das ihn Könige beneiden dürfen, wohl kaum zu verlangen gezwungen sein.

Gräfin (langsam).

Er . . . will sein eigenes Glück.

Dagmar.

Sein . . . eigenes Glück?

Gräfin.

Dein Vater will sich zum zweiten Male . . .

Dagmar.

Vermählen?

Gräfin.

Ja.

Dagmar.

Und diese Gräfin Türk? . . .

Gräfin.

. . . wird Deine Mutter werden.

Dagmar (mit beiden Händen das Gesicht bedeckend.)

Oh! (Pause.)

Gräfin (ruhig).

Ich kenne sie nicht. Dein Vater war nicht freigebig mit seinen Mittheilungen über die Dame. Ich weiß nur, daß er die Gräfin im vergangenen Sommer in der Schweiz kennen lernte. Ich vermuthe, daß auch die plötzliche Reise, welche er in den letzten Wochen nach Petersburg unternahm, mit dieser Heirath zusammenhängt. Sie muß ihn wohl sehr lieben, denn die Ungleichheit ihres Alters hat sie nicht abhalten können . . .

Dagmar.

So hat sie ihm schon ihr Jawort gegeben?

Unverkäufliches Manuscript.

Gräfin.

Ich glaube nicht. Ihr heutiger Besuch auf Wildemwart...

Dagmar (in Gedanken).

Mir ist, als käme ich von einer Beerdigung, als hätte ich mein Theuerstes verscharren müssen ... die Hoffnung auf Glück! ... Nun komme ich zurück in die öden, kalten Räume und finde Alles leer!

14. Scene.

Vorige. Lange.

Lange.

Seine Erlaucht und Gräfin von Türk sind soeben im Schlosse eingetroffen. Seine Erlaucht lassen die gnädige Comteß ersuchen, das Reisekleid mit einem Gesellschaftsanzug zu vertauschen.

Dagmar.

Zu dieser Comödie soll ich mich noch schmücken? (Den Kopf zurückwerfend.) Nein! Sagen Sie meinem Vater, daß ich mich von der Reise angegriffen fühlte. Ich bedauerte daher, der Tafel nicht beiwohnen zu können.

Lange.

Zu Befehl.

Dagmar.

Herr Lange, ich bitte Sie, mir für die wenigen Tage, welche ich hier im Schlosse verweilen werde, die Gartenzimmer zu öffnen.

Lange.

Das ist nicht möglich, gnädige Comteß!

Dagmar.

Warum nicht?

Lange

Gräfin von Türk haben diese Zimmer soeben bezogen.

Dagmar (für sich).

Die künftige Herrin dieses Schlosses. (Zu Lange.) Ich lasse den Herrn Hofmarschall zu mir bitten.

Lange.

Der Herr Hofmarschall sind noch bei der Toilette. (Ab.)

15. Scene.

Vorige, (ohne) Lange. (Dann) Martinus

Gräfin (Dagmar umfassend).

Geh' und kleide Dich um, Dagmar. Die alte Dorothee wird Dir behülflich sein.

Dagmar.

Lebt sie noch), die gute Alte?

Gräfin.

Es ist Alles beim Alten geblieben.

Dagmar (leise für sich).

Alles beim Alten geblieben.

Martinus (von rechts).

Die Herrschaften kommen schon die Herculestreppe herauf... wenn sie nicht vielleicht noch einen Augenblick in der Gallerie verweilen, müssen sie gleich hier sein. Und Sie, Comteß, noch nicht einmal im Festkleide? Ei, ei, das nenne ich die Zeit verplaudern.

16. Scene.

Gräfin. Dagmar. Martinus. Graf Wildenwart. Gräfin von Türk. Graf Melnikoff. Lange. Mehrere Diener.

Lange

(öffnet die rechte Thür und stellt sich mit einem mehrarmigen Leuchter vor dieselbe). (Graf Wildenwart und Gräfin Türk am Arm treten ein. Im selben Augenblicke öffnet ein Diener die linke Thür und stellt sich gleichfalls mit einem Leuchter vor dieselbe. Graf Melnikoff tritt ein. Die Stellung muß durchaus so angenommen werden, daß sich Melnikoff und Gräfin Türk noch nicht sehen können.)

Wildenwart (rufend).

Dagmar.

Dagmar

(wendet sich um, erblickt ihren Vater und greift sich krampfhaft an's Herz. Sie geht einige Schritte, um ihn zu begrüßen, hält dann aber inne und senkt den Kopf; tiefe Stille.)

Wildenwart

(der während der Pause Dagmar schmerzlich angesehen, ist gleichfalls einige Schritte vorgetreten; er steht einen Moment in ihrem Anblick verloren, dann richtet er sich plötzlich auf und stellt vor).

Gräfin Alice von Türk, meine Schwester, die Frau Gräfin Cornelie von Bernrod, meine Tochter, Comteß Dagmar, Herr Doctor Martinus, mein Hausarzt. (Den etwas im Hintergrunde stehenden Melnikoff bemerkend). Ah, pardon, (vorstellend) Herr Graf von Melnikoff! (Gräfin Türk, von dem Namen betroffen, wendet sich um und erblickt Melnikoff; Wildenwart ist zu Lange getreten und giebt demselben leise einige Befehle.)

Melnikoff (starrt Türk an; leise, verwirrt).

Alice!

Alice (flüsternd).

Um Gotteswillen, wir kennen uns nicht. (Der Vorgang ist von Niemandem bemerkt worden.)

Wildenwart (zu Lange).

Bitte, melden Sie dem Herrn Hofmarschall...

Lange.

Der Herr Hofmarschall sind noch immer bei der Toilette. (Leise, förmliche Conversation untereinander. Lange tritt mit dem Leuchter an die Mittelthür und hebt die Portiere, so daß man vollständig in den erleuchteten Speisesaal sieht; an der Tafel mehrere Divans.) Erlaucht, es ist servirt!

Manuscript not for sale.

Wildenwart
(sich vor Alice verbeugend, betritt zuerst den Speisesaal).

Melnikoff (sich vor Gräfin Bernrod verbeugend, folgt langsam).

Lange
(der die Portière weit zurückgehoben hat, folgt den Paaren).

Martinus
(auf Dagmar zu, welche sich im Vordergrund an einem Stuhle festhält; ihr leise zuflüsternd).

Kommen Sie, Dagmar!

Dagmar (fällt mit dem Schrei).

Helfen Sie mir, Martinus! (in den Stuhl; ihr Gesicht mit beiden Händen bedeckend.)

(Man nimmt im Speisesaal Platz.)

Martinus
(indem er Dagmar betrachtet, langsam die Worte wiederholend).

„Helfen Sie mir, Martinus". (Kurze Pause zuversichtlich.) Das will ich thun!

Der Vorhang fällt.

Zweiter Aufzug.

(Bibliothek im Schlosse.)

(Geräumiger Saal* mit reicher, architektonischer Pracht, dunkel gehalten Zahlreiche, theils durch Vorhänge gedeckte, theils offene hohe Bücherregale, auf deren Simsen Büsten stehen. Weite Mittelglasthüre mit Veranda und freiem Ausblick nach dem Park. Links und rechts Thüren. Rechts im Vordergrunde ein breites Fenster. Rundetablissement in dunkelm Leder, Fauteuils, Sessel, Tische mit Globus, Zeitungen zc.)

1. Scene.

Baron von Dölsach (in sehr gewählter Toilette). **Lange.**

Dölsach)
(sitzend und sich vor einem kleinen Handspiegel das Haar ordnend).

Nun sagen Sie mir noch, Herr (französisch) Lange, nicht wahr, (französisch) Lange?...

Lange (sich verbeugend, deutsch).

Lange.

Dölsach.

So?! — Pflegt man denn hier auf dem Schlosse stets so spät Tag zu machen? Es ist ja beinahe zwölf Uhr.

Lange

Man dejeunirt hier um acht Uhr Morgens.

Dölsach (als ob er nicht recht verstanden hätte).

Um wann?

Lange.

Um acht Uhr.

Dölsach

Eine Stunde, welche ich nur vom Hörensagen kenne.

Lange.

Seine Erlaucht besuchen vorher alltäglich die Schloßkirche. Im Sommer beginnt der Tag auf Wildenwart um sechs Uhr.

---

* Der Eindruck muß durchaus reich und vornehm sein und darf keineswegs an das nüchterne Studirzimmer eines Gelehrten erinnern.

Unverkäufliches Manuscript.

Dölſach (entſetzt).

Mein Gott, da komme ich ja meiſt erſt aus dem Club nach
Hauſe. Und das Diner?

Lange.

Um vier Uhr.

Dölſach (ſich wieder im Spiegel beſehend).

Franzöſiſche Küche?

Lange.

Wir haben ſeit zwanzig Jahren denſelben ſchwediſchen Koch.

Dölſach.

Mon Dieu! ein ſchwediſcher Koch! Ich habe von ſchwediſchen
Zündhölzchen, ſchwediſchen Handſchuhen und — irre ich nicht —
auch ſchon einmal von ſchwediſchen Dichtern gehört. Oh ja!
es giebt ja auch ſchwediſche Bröbchen und ſchwediſchen Punſch.
Aber davon allein kann man ſich doch unmöglich ſeit zwanzig
Jahren auf Wildenwart nähren. (Murmelnd.) Ein ſchwediſcher Koch!

Lange.

Die ſelige Frau Gräfin, welche aus Schweden ſtammte,
brachte ihn bei ihrer Verheirathung mit und ſeitdem iſt er hier
geblieben. (Sich verbeugend.) Der Herr Baron wollen mich gütigſt
entſchuldigen. (Links ab)

2. Scene.

Dölſach.

Ich werde der Comteß zu einer möglichſt beſchleunigten
Abreiſe rathen. (Sich verbeugend.) Das habe ich nicht verdient,
Hoheit, daß man mich acht Tage in dieſe Verbannung ſchickt!
(Umbergehend.) Kein Macao ... kein Ballet ... nicht einmal eine
Operette und (ſchaudernd) ſchwediſche Küche! Ich komme mir vor,
wie ein Deportirter! (Sich umſehend.) Bücher! Nichts, als todte
Bücher! (Wehmüthig.) Wie vielen Flaſchen Röderer könnte man
wohl für all' dieſes bedruckte Papier die Hälſe brechen!

3. Scene.

Dölſach. Fräulein Leo.

Fräulein Leo
(kommt von rechts mit einigen auffallend gebundenen Büchern, welche ſie, ohne Dölſach zu
bemerken, in ein Regal einreiht).

Dölſach (ſie durch die Lorgnette betrachtend).

Eine ſtark übertragene Erſcheinung! Dieſes Wildenwart
muß doch ſehr geſund ſein. Die Leute erreichen hier ſämmtlich
ein ungewöhnlich hohes Lebensalter. (Er räuſpert ſich abſichtlich.)

Fräulein Leo

(dreht sich erschreckt um und macht vor Dölsach drei Verbeugungen).

Herr Hofmarschall . . . ein unaussprechliches Glück, daß ich
Sie sehe . . . ich habe eine Bitte.

Dölsach.

Verfügen Sie über mich, verehrte Frau!

Fräulein Leo (verbessernd).

Fräulein!

Dölsach (gedehnt).

So?!

Fräulein Leo.

Eine sehr discrete Frage, eine sehr dringliche Bitte, Herr
Baron, mein Lebensglück liegt in Ihrer Hand.

Dölsach (für sich).

Herrgott, sie wird mir doch keinen Heirathsantrag machen
wollen.

Fräulein Leo.

Ihre Hoheit die Frau Herzogin Marie sind vom Himmel
mit einem Sohne gesegnet worden.

Dölsach.

Das weiß ich.

Fräulein Leo.

Seine Hoheit der junge Erbprinz Friedrich August Leopold
Ludwig . . .

Dölsach (verbessernd).

Ludwig Leopold . . .

Fräulein Leo.

. . . geruhen jetzt drei Jahre zu zählen.

Dölsach.

Das weiß ich auch.

Fräulein Leo.

Ich höre, man sucht am Hofe eine Erzieherin für den
jungen Fürstensproß. (Mit großem Entschlusse.) Herr Baron, würden
Sie nicht die namenlose Güte haben, mich für diese Stelle in
Vorschlag zu bringen? Hier im Schlosse ist meines Bleibens
nicht mehr lange. Mein Ruf, meine Vergangenheit sind tadellos.

Dölsach (für sich).

Bei diesem Exterieur kein Wunder.

Fräulein Leo.

In diese fürstliche Kindesseele den ersten Keim von Sittlich=
keit und Tugend pflanzen und somit der Zukunft unseres Herzog=
thums einen Dienst leisten zu können, würde mich unendlich
beglücken. Und, wenn spätere Geschlechter einst in unserer vater=
ländischen Geschichte lesen würden: „Die ersten veredelnden Ein=

Manuscript not for sale.

drücke empfing unser erlauchter Landesfürst durch die sorgfältige,
sittliche Erziehung des Fräulein Leo . . ." — mein schönster
Traum wäre erfüllt. Darf ich hoffen, Herr Hofmarschall?

Dölsach (ein Notizbuch aus der Tasche nehmend).

Wir wollen sehen, was sich thun läßt. (Er notirt.) Fräulein Leo?

Fräulein Leo.

Adelaide.

Dölsach (schreibend).

Geboren?

Fräulein Leo.

Am achtzehnten Mai.

Dölsach (wartet).

Fräulein Leo.

Achtzehnhundert — (sie hustet stark.)

Dölsach (für sich).

Merkwürdig, wie viele Damen in diesem Jahre geboren sind.

Fräulein Leo.

Ich sehe dort Herrn Graf Melnikoff kommen. (Sie macht drei
Verbeugungen und will ihm die Hand küssen.)

Dölsach.

Laissez, laissez-cela!

(Leo links ab.)

4. Scene.

Dölsach.

Dölsach, Du erhältst noch eine neue Charge: Stellen=
vermittler für Damen von über fünfzig Jahren! Bisher habe
ich mich nur mit dem Placement jüngerer Damen, v i e l jüngerer
Damen beschäftigt. Dieses Frauenbild aus der deutschen Ver=
gangenheit betonte ungemein stark seine sittliche Lebensanschauung.
(Sich umwendend.) Die Lecture, welche die Dame da soeben placirte,
dürfte wohl den besten Commentar geben. (Während er zum Bücherschrank
geht.) Wahrscheinlich „Stunden der Andacht", „Psalmen", „Kirchen=
lieder." (Er nimmt ein Buch heraus.) He? L'assommoir von Emile Zola?
(Ein zweites.) Nana? (Ein drittes.) Germinal? (Lachend.) Diese vor=
treffliche Dame predigt öffentlich Wasser und trinkt heimlich
Wein? Und gleich die feurigste Marke? Nun, jedenfalls ver=
nünftiger, als umgekehrt. (Nach der Uhr schauend.) Zwölf Uhr? Ich
werde jetzt Toilette zum „schwedischen" Dejeuner machen. (Am
Fenster.) Dieser Melnikoff . . . seltsame Erscheinung hier auf dem
Schlosse . . . derartige Leute schwimmen immer oben . . . man
glaubt sie längst untergegangen und plötzlich erscheinen sie
wieder auf der Bildfläche.

5. Scene.

Dölsach. Melnikoff (von der Veranda).

Dölsach.

Ah, Herr Graf! Sagen Sie, Verehrtester, hat sich Comteß Dagmar von ihrem gestrigen Unwohlsein erholt? Als ich mich nach ihrem Befinden erkundigen wollte — ich glaube, es war sieben Uhr Morgens — war sie nirgends mehr zu finden.

Melnikoff.

Die Gräfin ist heute schon in aller Frühe mit Herrn Doctor Martinus ausgeritten.

Dölsach.

164

Mit Doctor Martinus. Ländliche Sitten! Gestern empfängt er die Comteß an der Bahn, heute reitet er mit ihr spazieren. Scheint ein ganz vortrefflicher junger Mann zu sein. Aber... Martinus... schlichtweg Martinus! Ist ein bischen wenig Und noch nicht zurückgekehrt?

Melnikoff.

Nein.

Dölsach.

Uebrigens, Herr Graf, ist es, wenn ich nicht irre, nicht das erste Mal, daß wir uns im Leben begegnen. *(Ihn prüfend ansehend.)* Wir schließen nicht eine Bekanntschaft, wir erneuern sie nur. Bin ich Ihnen nicht im vergangenen Winter im Club international in Nizza begegnet?

Melnikoff *(kalt).*

Ich bedauere... ich war noch niemals in Nizza.

Dölsach *(fein).*

Pardon, dann habe ich mich geirrt.

Melnikoff *(geht nach der Veranda und sieht in den Park).*

Dölsach *(für sich).*

Ich habe mich nicht geirrt, mein werther Graf.

Melnikoff *(zurückkehrend).*

Die Gräfin Türk besichtigt soeben unter Führung des Grafen das Schloß. Die Herrschaften werden gleich hier sein.

(Man hört Stimmen; in demselben Augenblicke durch die linke Thür Wildenwart und Alice.)

6. Scene.

Vorige. Wildenwart. Alice.

Wildenwart *(Dölsach begrüßend).*

Mein lieber Baron...

Unverkäufliches Manuscript.

Dagmar.

3

Dölsach.

Ich muß um Verzeihung bitten, Herr Graf, daß ich heute Vormittag unsichtbar war. Aber einige wichtige politische Actenstücke, welche der Erledigung harrten ...

Wildenwart.

Die Devise für meine Gäste lautet: saus gêne.

Dölsach.

Das ist die echte Gastfreundschaft.

Wildenwart.

Darum bitte ich Sie, ganz Ihren Neigungen zu leben, welche uns hoffentlich nicht zu oft des Vorzuges Ihrer Gesell=schaft berauben werden. (Zu Alice.) Und dies hier, Gräfin, ist mein Tusculum. Hier verbringe ich den größten Theil des Tages: ich kann wohl sagen, meines Lebens.

Alice.

Also stets in der besten Gesellschaft.

Melnikoff.

Die Wahl der Werke verräth den feinen Kenner.

Wildenwart

Ich habe Bücher stets als die besten Sorgenbrecher erprobt.

Dölsach (für sich).

Ich ziehe Château Lafitte vor. (Zu Alice.) Dieses Wilden=wart, ein herrliches Stückchen Erde. Die Promenade heute Morgen im thaufrischen Park ... (er unterhält sich mit ihr).

Wildenwart
(im Vordergrunde zu Melnikoff, ohne ihn anzublicken, leise).

Haben Sie Comteß Dagmar schon gesprochen?

Melnikoff.

Die Gräfin ist noch nicht zurückgekehrt.

Wildenwart (leise).

Leisten Sie der Gräfin Türk Gesellschaft. Ich werde Dagmar jetzt aufsuchen. (Verbindlich zu Alice.) Ich muß, gnädige Gräfin, für kurze Zeit um Entschuldigung bitten. (Auf Dölsach und Melnikoff.) Sie werden mit dieser Stellvertretung zufrieden sein. (Er küßt ihr die Hand, Veranda ab.)

Dölsach.

Und auch mir wollen die Herrschaften gestatten, mich zurück=zuziehen. Noch einige wichtige politische Actenstücke. (Während er links zur Thüre geht, dreht er sich noch einmal um und sieht Melnikoff an.) Es ist kein Zweifel ... er ist es ... wirbt er um die Gräfin Türk? ... Nous verrons! (Links ab.)

7. Scene.

Alice. Melnikoff.

Melnikoff (wendet sich zum Gehen).

Alice.

Bleiben Sie, Graf Melnikoff! Ich bitte Sie, zu bleiben.

Melnikoff (kalt).

Ich muß Sie bitten, Gräfin…

Alice.

Nach langen zehn Jahren hat uns hier ein seltsamer Zufall zusammengeführt. Und ich preise diesen Zufall, der mir endlich ermöglicht, Ihnen die volle Wahrheit zu gestehen. Ich mußte damals so handeln. Ich hatte meinem Vater, der einsam auf seinem kleinen Gute lebte, brieflich meine Verlobung mit Ihnen mitgetheilt, und ihn um seinen Segen gebeten. Am nächsten Tage war er bei mir in Baden-Baden. In seiner herrischen Weise befahl er mir, von Ihnen zu lassen. Er habe meine Hand dem alten Fürsten Schönegg, der sich in mich verliebt habe, zugesagt. Melnikoff, es gab keine Wahl für mich, ich mußte durch meine Einwilligung meinen Vater vor financiellem Ruin retten. Sie waren damals, als Sie um mich warben, noch nicht der Majoratsherr, der Sie durch den Tod Ihres Bruders wurden. Der Wunsch, meinem Vater seine letzten Jahre zu sorgenlosen gestalten zu können, bestimmte mich, das Opfer zu bringen und (weich) Melnikoff, es war ein Opfer!

Melnikoff (kalt).

Erzählen Sie doch zu Ende, Gräfin!

Alice.

Ich bin zu Ende.

Melnikoff.

Ihr Märchen hat keinen Schluß. Gestatten Sie mir, ihn zu ergänzen! „Und die Prinzessin verschmähte willig und mit Freuden den Ritter und reichte ihre Hand einem Anderen." (Lebhaft.) Nicht dem Wunsche Ihres Vaters, Ihrem eigenen Herzen sind Sie gefolgt. Ihnen erschien es begehrenswerther, eine Fürstin werden zu können. Der plötzliche Tod des Fürsten vereitelte die Erfüllung Ihrer hochfliegenden, eitlen Pläne, bevor Sie ihm die Hand gereicht.

Alice (auf das Fauteuil niedersinkend).

Melnikoff!

Manuscript not for sale.

3*

Melnikoff.

Sie haben mich nie geliebt! In Ihren Augen war ich nur ein Spielzeug, dessen Sie überdrüssig wurden, als sich Ihnen ein schillernderes, glänzenderes bot. (Da Alice abwehren will.) Nein, Sie haben mich nie geliebt. Hätten Sie mich sonst so leichten Kaufes aufgegeben? Hätten Sie nicht gerungen um meinen Besitz? An Ihnen wäre es gewesen, mich vor Ihren Vater zu führen und ihm zu sagen: „Gieb mir Deinen Segen, auch dieser wird Dein Alter freundlich erhellen." Haben Sie das gethan? Haben Sie es nur versucht? Was lag Ihnen daran, daß ich Jahr um Jahr, ein Verzweifelter, durch die Welt geirrt bin, ohne Ruhe, ohne Frieden, daß mich Ihr Bild verfolgte, daß ich mir Herz und Sinn zermarterte, um zur Klarheit zu gelangen. Auf alle meine Briefe kein Wort des Mitleids, auf alle meine Klagen kein Laut des Erbarmens. Da endlich sah ich Sie wieder als die Braut jenes Greises, da fiel es wie Schuppen von meinen Augen, da wußte ich, daß ich Sie verloren hatte. (Leidenschaftlich.) Und wissen Sie, was Sie aus mir gemacht? Zu schwach an Willenskraft, Ihr Bild aus meiner Seele zu reißen, voll Haß und Grimm stürzte ich mich in das Leben. Mein Vermögen, das ich bald darauf geerbt, all' meinen Besitz, der mir in den Schooß gefallen, verpraßte ich in unsinnigen Verschwendungen, um mich zu betäuben. Alles gab ich dahin... meine Liebe... mein Erbe... meine Ehre! Und daß ich schlecht geworden bin, schlecht und verächtlich, das, Gräfin Türk, das ist Ihr Werk!

Alice.

Sie sind hart.

Melnikoff.

Nur gerecht.

Alice.

Ich war jung und leichtsinnig. Mich lockten Reichthum und Rang des Fürsten. Ich wollte die Erinnerung an Sie aus meinem Herzen reißen und deswegen schwieg ich auf alle Ihre Briefe. Ja, Melnikoff, ich habe schwer gefehlt an Ihnen....

Melnikoff.

Nichts mehr davon.

Alice

Gestern, als ich dieses Schloß betrat, glaubte ich endlich in eine helle Zukunft blicken zu können. Heute liegt sie unklarer als je vor mir. (Nach kurzer Pause, mit gesenkten Augen.) Ich habe .... Sie wiedergesehen, Paul...

Melnikoff (zurückweichend, heftig).

Gräfin Türk!... Nein, Sie haben keine Macht mehr über mich. (Leise.) Denn hören Sie — nach diesem Augenblicke habe ich geschmachtet zehn lange Jahre — so wie ich Sie einst geliebt habe, glühend, grenzenlos, so hasse ich Sie jetzt mit jeder Fiber meines Herzens, so werde ich Sie hassen bis zu meinem letzten Athemzuge.

Alice.

Vielleicht ist dieses unerwartete Zusammentreffen ein Wink des Schicksals an mich, noch einmal gut zu machen, was ich einst an Ihnen verbrach.

Melnikoff.

So beweisen Sie es mir jetzt; befreien Sie mich von der namenlosen Angst, welche ich empfand, als ich Sie gestern plötzlich wiedersah. Verlassen Sie das Schloß... noch heute!

Alice.

Sie verlangen Unmögliches von mir.

Melnikoff.

Ich stehe an einem Wendepunkte meines Lebens. Der Weg führt entweder auf die Höhe, wo ich wieder reine Luft athmen kann, nach der ich mich so lange vergeblich gesehnt, oder hinab zurück in die Tiefe, in welche Sie mich gestürzt. Sie zaudern noch? Oh, Sie sind und bleiben der böse Dämon meines Lebens, der mich verfolgt und vollends zu Grunde richtet.

Alice.

Sie irren, Melnikoff; ich werde Ihren Weg nicht kreuzen.

Melnikoff (lebhaft).

Beweisen Sie es, Gräfin, und gehen Sie noch heute fort von hier.

Alice (ihm die Hand reichend).

Hier meine Hand! (Melnikoff bleibt abgewendet stehen.) Verschmähen Sie sie nicht. Und wenn Sie auch jetzt noch Haß und Mißtrauen gegen mich erfüllt... ich hoffe, daß Sie diese Hand noch einmal ergreifen werden, um an ihr eine feste Stütze zu finden. Dann werden Sie sehen, was Sie mir jetzt nicht glauben wollen, daß ich tief bereue, an Ihnen so schwer gefehlt zu haben!

8. Scene.

Vorige. Wildenwart (von der Veranda. Dann) **Lange** (von rechts).

Wildenwart.

Ich muß, gnädige Gräfin, um Verzeihung bitten. Comteß Dagmar dehnt ihren Spazierritt lange aus.

Unverkäufliches Manuscript.

Alice.

Beunruhigt Sie ihr Ausbleiben?

Wildenwart.

Ich weiß sie im Schutze des Doctor Martinus (Zu dem an der
Thür stehenden Lange.) Sie wünschen, Herr Lange?

Lange.

Die Comteß lassen sich bei Euer Erlaucht entschuldigen;
Gräfin Dagmar haben Frau Gräfin Bernrod eine Strecke weit
nach Riedheim begleitet. Die gnädige Gräfin wollten Befehle
zur Instandsetzung des Schlosses geben und kehren erst in einigen
Stunden zurück.

Wildenwart (für sich, bitter).

So macht sie ihre Drohung wahr und verläßt mich. (Mit
einer Kopfbewegung Lange entlassend.)

Lange.

Herr Graf Melnikoff sprachen vorhin den Wunsch aus, die
Ställe zu besichtigen; wenn es dem Herrn Grafen angenehm ist ...

Melnikoff.

Gerne, Herr Lange. (Mit Verbeugung ab mit Lange Mitte.)

9. Scene.

Wildenwart. Alice.

Wildenwart.

Und so heiße ich Sie nochmals willkommen in meinem
Heim, welches hoffentlich ... (er stockt). Ich finde Sie zerstreut,
in Gedanken und hoffte, Sie in dieser Stunde glücklich zu sehen.
Sie fühlen sich nicht wohl in meinem Hause und das schmerzt mich.

Alice (verwirrt).

Sie irren, Graf Wildenwart.

Wildenwart.

Nein, Gräfin, jetzt fordere ich von Ihnen volle Wahrheit.
Haben Sie Mitleid mit mir und helfen Sie mir einen Theil
der Sorgen tragen, unter deren Last ich sonst zusammenbreche.

Alice.

Der Empfang, welcher mir gestern Abend bei meiner Ankunft
von Ihrer Familie bereitet wurde, hat mich auf's Tiefste erschreckt.
Kein herzliches Wort der Begrüßung ... kein Laut der Freude ...
Ich fühle es, daß ich ein Eindringling ...

Wildenwart.

Beruhigen Sie sich, Gräfin! Meine Schwester verläßt noch
in diesen Tagen Wildenwart für immer und ... (düster) Dagmar
folgt ihr bald. In wenigen Wochen wird sie vermählt sein.

Alice.

Mit Doctor Martinus?

Wildenwart (düster).

Sie wird die Gattin des Grafen Melnikoff.

Alice (sich mühsam bezwingend).

Des ... Grafen ... Melnikoff? (für sich.) Ah, das also war es!

Wildenwart.

Ich beabsichtige, noch heute ihre Verlobung zu proclamiren.

Alice (mühsam).

Und ... für wann ist die Hochzeit festgesetzt?

Wildenwart.

Für den nächsten Monat. Wann aber, Gräfin, darf ich auf Ihr Jawort rechnen?

Alice.

Werther Freund ... lassen Sie mir noch eine kurze Bedenk=zeit, die ich — deuten Sie mir meine Bitte nicht übel — nicht hier verbringen werde!

Wildenwart.

Gräfin Türk! ... woher dieser plötzliche Entschluß?

Alice.

In einigen Wochen, nach der Vermählung Ihrer Tochter, will ich Ihnen meine Entscheidung geben.

Wildenwart.

Kann Sie Nichts von diesem Entschluß zurückbringen?

Alice.

Nichts.

Wildenwart.

So muß ich mich bescheiden.

Alice.

Sie werden mir zugeben müssen, daß, wenn ich die Zeit während der Verlobung Ihrer Tochter nicht hier verbringe, mich auch nicht der leiseste Vorwurf von Seite der Ihrigen treffen kann, irgendwie in diese Verhältnisse eingegriffen zu haben.

Wildenwart.

Ich verstehe Ihren Standpunkt, wenn ich ihn auch nicht theilen kann. Aber, versprechen Sie mir wenigstens Eines: der Hochzeitsfeierlichkeit Dagmars beizuwohnen.

Alice.

Und Ihre Gründe?

Wildenwart.

Ich will Ihre Anwesenheit bei diesem Feste gleichsam als Sanction meiner Familie der Welt gegenüber betrachtet wissen.

Manuscript not for sale.

Würden Sie erst, nachdem meine Schwester und Dagmar dieses Schloß für immer verlassen haben, nach Wildenwart zurückkehren: dem Gerede der Leute, allerhand Muthmaßungen und Combinationen würden Thür und Thor geöffnet sein. Darum versprechen Sie mir, Gräfin...

Alice (nach kurzem Besinnen).

Es sei... ich werde bei dem Feste pünktlich erscheinen.

10. Scene.

Vorige. Martinus (von der Veranda. Darauf ein) **Diener.**

Martinus (sich verbeugend).

Die Herrschaften wollen gütigst verzeihen, ich glaubte, Herrn Baron Dölsach hier zu finden. Gestatten Sie mir, mich wieder zurückzuziehen.

Wildenwart
(dem sich wieder nach der Veranda wendenden Martinus zurufend).

Martinus, darf ich bitten? Noch ein Wort!

Martinus (kehrt zurück).

Herr Graf...

Wildenwart.

Bitte, erwarten Sie mich hier. (Zu Alice.) Wenn es Ihnen genehm ist, Comteß, so setzen wir unseren Gang durch das Schloß fort. Hier im Erdgeschoß die Gemäldegalerie...

Alice.

Ich fühle mich angegriffen... ein wenig Ruhe...

Wildenwart (klingelt).

Ein Diener (von rechts).

Wildenwart.

Führen Sie die gnädige Gräfin durch den Park. Zur Tafel hoffe ich bestimmt... (er küßt ihr die Hand). Und wann gedenken Sie, das Schloß zu verlassen?

Alice.

Noch heute.

Wildenwart.

Handeln Sie ganz nach Ihrem Ermessen, dem ich mich, wenn auch widerstrebend, unterwerfen muß.

Alice
(von Wildenwart bis zur Thür begleitet, mit Diener rechts ab).

11. Scene.

Wildenwart. Martinus (auf der Veranda).

Wildenwart (nach vorn kommend, für sich).

Martinus? Ja, er soll mir helfen. Auf ihn wird sie hören, ihm wird sie folgen und dann bleibt es mir erspart, ihr das Furchtbare zu enthüllen. (Rufend.) Martinus!

Martinus (nach vorne).

Ich stehe zu Diensten.

Wildenwart.

Nehmen Sie Platz, Martinus. (Beide setzen sich.) Sie werden sich wundern, mich heute als Bittenden vor sich zu sehen.

Martinus.

So haben wir, Erlaucht, endlich einmal die Rollen ver=tauscht, denn bisher war es nur an mir ...

Wildenwart.

Ich rechne auf Ihre Freundschaft.

Martinus.

Mit vollem Recht.

Wildenwart.

Es ist — Sie werden sich im Laufe der Jahre davon überzeugt haben — nicht meine Art, an Dienste, die ich Jemandem erwies, gern und freiwillig erwies, zu mahnen, und dennoch fühle ich mich heute durch eine ganz besondere Nothlage dazu gezwungen.

Martinus.

Ich bin Ihnen, Herr Graf, von ganzer Seele dankbar. Was ich geworden, was ich erreicht ... Ihnen danke ich Alles.

Wildenwart.

Genug! Lassen Sie mich heute diese Dankbarkeit erproben.

Martinus.

Ich werde diese Probe bestehen.

Wildenwart.

Sie werden mir also den Dienst, um den ich Sie bitte, nicht verweigern?

Martinus (treuherzig).

Nein.

Wildenwart.

Sie sind heute Morgen mit Dagmar spazieren geritten. Hat Sie nicht mit Ihnen über die Zukunft gesprochen?

Unverkäufliches Manuscript.

Martinus.

Nicht von zukünftigen Zeiten, nur von vergangenen Tagen war die Rede. Wir haben ein wenig in Erinnerungen geschwärmt.

Wildenwart.

Sie kennen Dagmar von ihrer Kindheit. Ihnen, der Sie auf dem Schlosse seit 30 Jahren leben, der Sie Menschen und Verhältnisse kennen, Ihnen brauche ich nicht den Charakter Dagmar's zu schildern, Ihnen brauche ich nicht zu sagen, (schmerzlich) daß wir uns kalt und fremd gegenüberstehen. Sie hat es so gewollt.

Martinus.

Herr Graf!

Wildenwart.

In vollständiger Verkennung ihrer kindlichen Pflichten hat sie sich von mir abgewendet (in Gedanken). Ich bin ihr geblieben, was ich ihr stets gewesen: ein Fremder. Irregeleitet durch falsche Einflüsse haßt sie mich ... (Martinus will protestiren, düster) in dem Wahne, ich hätte ... ihre Mutter unglücklich gemacht. Vielleicht wird sie einmal diesen Irrthum einsehen. — Sie ist 25 Jahre und kann nicht immer am Hofe bleiben. Deshalb beschloß ich, sie zu vermählen. Schneller, als ich geglaubt, nahte sich ein Freier im Grafen Melnikoff. Besondere Verhältnisse, deren Klarlegung Sie mir gütigst erlassen wollen, haben mich bestimmt, oder sagen wir richtiger gezwungen, der Werbung des Grafen Gehör zu schenken.

Martinus (betroffen).

Das habe ich nicht geahnt.

Wildenwart.

Es wundert mich nicht, durch meine Schwester zu hören, daß Dagmar meinen Plänen den heftigsten Widerstand entgegensetzt. Und jetzt komme ich zu meiner Bitte. Ich selbst habe noch nicht mit Dagmar gesprochen. Ich gestehe Ihnen, ich fürchte diese Unterredung, die mehr einem Kampf gleichen wird. Bereiten Sie sie vor.

Martinus (erschrocken).

Ich, Erlaucht, ich?

Wildenwart.

Sie sind ihr von jeher ein treuer Freund gewesen. Aus Ihrem Munde wird ihr der Plan versöhnlicher klingen und das Gewaltsame, das — ich läugne es nicht — ihm anhaftet, wird ihr milder erscheinen.

Martinus (nach kurzer Pause).

Ich muß Sie bitten, Herr Graf, mich von diesem Auf=
trage zu dispensiren.

Wildenwart.

Martinus?

Martinus.

Sie haben selbst vorhin betont, daß ich Dagmar ein er=
gebener Freund bin. Ja, ergeben von ganzer Seele! Und ich
sollte die Hand dazu bieten, über ihr Geschick, das sie sich nicht
willig suchte, zu bestimmen. Ich kenne den Herrn Grafen
Melnikoff nicht. Soll mir die Thatsache, daß sein Name einige
Jahre lang auf allen Rennplätzen und in allen Spielclubs mit
Auszeichnung genannt wurde, Gewähr für das Glück Dagmars
bieten? (Mit Wärme.) Für dieses Glück aber zu sorgen, halte ich
für die schönste Aufgabe meines Lebens.

Wildenwart (düster).

Wer, junger Mann, hat Sie geheißen, Vorsehung zu spielen?

Martinus.

Meine Freundschaft zu Ihrer Tochter, Herr Graf. Und
wenn ich vielleicht zu ohnmächtig bin, die Ausführung dieses
Planes zu hindern, so will ich doch wenigstens nicht zu seinem
Gelingen beigetragen haben.

Wildenwart.

Dagmar besitzt ja an Ihnen einen selten warmen Für=
sprecher.

Martinus.

Mein Gefühl sagt mir, daß sie in dieser Ehe nicht das
Glück finden wird, das sie erhofft und verdient. Deswegen er=
lassen Sie mir, mit Dagmar zu sprechen.

Wildenwart.

Also auch in Ihnen habe ich mich getäuscht!

Martinus (lebhaft).

Herr Graf, nicht diese Worte. Sie haben an mir ge=
handelt, wie ein Vater. Verlangen Sie von mir als schwachen
Dank, was immer es sei. Keine Gefahr und keinen Kampf
will ich scheuen, um Ihnen zu dienen. Nur das Eine erlassen
Sie mir. Ich fühle es ist zu schwer für mich.

Wildenwart (nachdem er ihn scharf firirt).

So giebt es nur eine Erklärung, welche Sie abhält, meinen
Wunsch zu erfüllen.

Martinus.

Und diese wäre?

Manuscript not for sale.

Wildenwart (auf ihn zutretend).

Sie lieben Dagmar!

Martinus.

Herr Graf!

Wildenwart.

Sie lieben sie! Und weil Sie sie sich selbst gewinnen wollen
... (Martinus will erwidern). Sie haben Ihre Blicke ein wenig hoch
gerichtet, Herr Doctor Martinus. Schlagen Sie sich diese
Grillen aus dem Kopf.

Martinus.

Sie sind erregt, Herr Graf. Sie werden diese Worte bereuen, wenn es zu spät ist.

Wildenwart.

Zu spät?

Martinus (mit gesenktem Haupte).

Wenn ich Sie verlassen haben werde.

Wildenwart (Schmerzlich).

Auch Sie, Martinus? — (Kalt.) So schlage ich wiederum
eine Seite im Buche meines Lebens um und denke, daß es ein
leeres Blatt gewesen.

Martinus.

Zweifeln Sie nicht an meiner Dankbarkeit; ich würde das
nicht ertragen.

Wildenwart.

Sie hatten die Wahl. Meine Seelenruhe, die Ehre meines
Namens hängt davon ab, ob Dagmar einwilligt ... Gehen
Sie, Martinus, leben Sie wohl!

Martinus (erregt).

Die Ehre Ihres Namens? Herr Graf, das entscheidet!
(Nach kurzem Kampf.) Wann verlangen Sie, daß ich mit Dagmar
spreche?

Wildenwart.

Sofort, noch in dieser Stunde.

Martinus (fest).

Ich werde es thun.

Wildenwart (geht langsam an's Fenster; leise aufschreiend).

Ha!

Martinus.

Herr Graf!

Wildenwart (in Gedanken).

Dagmar mit Pastor Böhme. Wie gleicht sie ihrer Mutter!
Derselbe Gang ... dasselbe Neigen des Kopfes ... jetzt pflückt

sie eine Blume, ganz wie Jene gethan. (Er hält die Hand vor die Augen.) Hinweg, hinweg! ...

Martinus.

Soll ich im Parke mit ihr sprechen?

Wildenwart (wie aus einem Traum erwachend).

Erwarten Sie sie hier, wo Sie ohne Zeugen sind. (Er giebt ihm die Hand und links ab.)

12. Scene.

Martinus (allein).

Martinus.

Ich? Ich selbst soll es ihr sagen? Für den es Seligkeit, ihr in die Augen sehen, in ihrer Nähe weilen zu dürfen. Ich selbst soll ihre Hand in die eines Anderen legen? (Wehmüthig). „Sie haben Ihre Blicke ein wenig hoch gerichtet, Herr Doctor Martinus, schlagen Sie sich diese Grillen aus dem Kopfe." Ich hätte es niemals gewagt, nach diesem strahlenden Glück zu greifen, nur Freund, Diener, Sklave wäre ich ihr gern geblieben! .. (Am Fenster.) Jetzt tritt sie mit Böhme in's Portal. Mag sie erst den alten Freund begrüßen ... ich kann ihr jetzt nicht in die Augen sehen. (Rechts ab.)

13. Scene.

Dagmar (mit) Pastor Böhme (von der Veranda. Böhme, ein Greis, wird von) Lange (geführt. Er ist nach Predigerart gekleidet.)

Dagmar.

Und nochmals herzlich willkommen, mein theurer väterlicher Freund! (Lange ab.)

Böhme (langsam nach vorne).

Das sage ich auch: herzlich willkommen. Sie hatten sich heute morgen, als ich in der Kirche war, zu mir bemüht. Ich hatte nicht mehr gehofft, Sie wiederzusehen. Ja, das nenne ich gute alte Freundschaft wahren. Sie hatten mich also nicht vergessen, Dagmar?

Dagmar.

Sie? Wo ist denn das alte trauliche Du geblieben, Herr Pastor?

Böhme.

Eine so große schöne Dame ist man geworden und nicht einmal stolz. Das lobe ich mir. (Er setzt sich.) Meine Füße sind ein wenig schwach geworden. Ja, ja, die Jahre gehen nicht spurlos vorüber.

Unverkäufliches Manuscript.

Dagmar.

Darin haben Sie Recht, Herr Pastor.

Böhme (lächelnd).

Nun, die Last Deiner — das Wort will mir noch nicht so recht über die Lippen — Deiner Jahre trüge ich wohl noch gern.

Dagmar (schaudernd).

Ich nicht.

Böhme.

Wer sprach da eben? Der Ton klang mir so fremd. Warst Du es, Dagmar? (Er betrachtet sie.) Vorhin begegnete ich Deinem Vater. Er ritt an mir vorüber. Düster und in sich gekehrt, schien er ganz seinen Gedanken nachzuhängen. Er dachte vielleicht über die Predigt nach, welche ich heute Morgen gehalten. Ich hätte wohl gewünscht, Dagmar, Du wärest neben Deinem Vater gestanden und Ihr hättet Euch die Hände gedrückt.

Dagmar.

Wessen Inhaltes war Ihre Predigt, Pastor?

Böhme.

Ich sprach über das, was ich Dir einst in Deiner Jugend gelehrt: über das vierte Gebot. Ein arger Zwist, der in einer Familie im Dorfe ausgebrochen, hatte mich diesen Stoff wählen lassen. Vater und Sohn — Du kennst sie vielleicht, es sind die Lenzer in der Mühle unten am Bach — lebten seit langen Jahren in Feindschaft. Vor wenigen Tagen hat der Sohn des Haders müde, sein Gehöft in Brand gesteckt und sich dann selbst das Leben genommen.

Dagmar.

Das ist so traurig, wie begreiflich.

Böhme.

Traurig wohl, denn er hatte das vierte Gebot vergessen.

Dagmar.

Die Verzweiflung hatte ihn dazu getrieben.

Böhme.

Er hat mit dem Schicksal, das ihm eine höhere Macht auferlegt, gehadert, und in diesem Kampf muß jeder, der ihn wagt, unterliegen.

Dagmar (nach kurzer Pause).

Glauben Sie auch, Herr Pastor, daß ein jedes Kind seine Eltern ehren und lieben muß, nur, weil es seine Eltern sind?

Böhme.

Auf diese Frage gebe ich Dir keine Antwort.

Dagmar (ruhig).

Weil Sie selbst um diese verlegen sind. Weil Sie sich
selbst sagen: es ist zu viel verlangt, daß ein Kind den Vater
liebt, der es mit Füßen tritt.

Böhme.

Aus Deinen Worten spricht der alte Grimm.

Dagmar.

Wofür, Pastor Böhme, frage ich Sie: soll ich meinen Vater
lieben und ehren, wofür ihm dankbar sein?

Böhme.

Nach dem ehernen Gesetze der Natur.

Dagmar.

Gab mir die Natur nicht mit dem Augenblicke, in welchem
ich zum ersten Male die Augen öffnete, um diese jämmerliche
Welt zu sehen, neben meinen Pflichten meinem Vater gegenüber
auch Rechte? Rechte, die ich einfordern kann, wie ein Gläubiger
Geld von seinem säumigen Schuldner, (energisch) und die ich ein=
fordern werde!

Böhme.

Nicht in zornerfülltem Haß sollst Du es thun, sondern in
Liebe, in duldender Ergebenheit, das ist Deine Pflicht!

Dagmar.

Von den Pflichten gegen mich selbst aber wissen Sie mir
Nichts zu sagen?

Böhme.

Liebe zu säen ist der Beruf des Weibes.

Dagmar.

Von der Ernte aber sprechen Sie nicht. (Lebhafter, steigernd.)
Wo zieht Ihr denn die Grenzen? Glaubt Ihr, die Ihr Er=
gebenheit predigt: es gäbe keine? Wie entsteht denn die Liebe
der Kinder zu den Eltern? Nur durch das Bewußtsein, daß
sie unsere Eltern sind? Das ist der allgemein verbreitete,
thörichte Glaube: man soll ihnen dankbar dafür sein, daß sie
uns das Leben gaben. Ich glaube nicht an diese angeborene
Kindesliebe, nicht an diesen Instinct. Ich glaube, daß nur die
Liebe und Zärtlichkeit, mit der die Eltern über unserer Jugend
wachen, unsere Gegenliebe fordern und verdienen. Wenn aber
statt Liebe Haß an unserer Wiege steht, statt milder Belehrung
trotziger Grimm uns durch die Kindheit geleitet: wer von Euch
kann da noch Liebe und Ergebenheit verlangen! Was ich ge=
worden bin, was ich mir in meinem Herzen bewahrt habe,
danke ich einzig und allein mir selbst! (Pause.) Nun, so belehren
Sie mich doch eines Besseren, wenn Sie können.

Manuscript not for sale.

Böhme

Als Dein Freund, Dein Lehrer kann ich Dir nicht …

Dagmar.

Wollen Sie mir nicht antworten und das ist die beste
Antwort. Sie haben mir selbst erzählt: man hat Sie, Herr
Pastor, schon in jungen Jahren auf diese Dorfpfarre geschickt,
also in die Verbannung. Ohne Hoffnung auf Beförderung,
ohne Aussicht auf die Zukunft. Die freiheitlichen Ideen des
„Revolutionairs", wie man Sie nannte, waren unbequem ge=
worden. Wenn Sie sich diese aufrührerischen Gedanken, welche
ich Gerechtigkeit und Menschenliebe nenne, bewahrt haben, so
widerlegen Sie mich doch!

Böhme (milde).

Hast Du, Dagmar, in Deinem Grimm gegen Deinen Vater
niemals darüber nachgesonnen, warum er Dir kalt und fremd
gegenüberstand von Jugend an? Hast Du niemals Dir Mühe
gegeben, diesem Grunde nachzuforschen?

Dagmar.

Mit kindlicher Liebe trat ich ihm entgegen, er wies mich
schroff zurück.

Böhme.

Und könnte nicht ein großer, tiefer Schmerz den einst so
lebensfrohen Mann so ganz verwandelt haben?

Dagmar.

Ein großer tiefer Schmerz? (Pause.)

Böhme.

Du hast zu viel gedacht, Dir in Deinem Sinnen und
Fühlen keine Schranken auferlegt. Banne Deine Gedanken
wieder in engere Kreise und Du wirst glücklich werden.

Dagmar.

Ein armer Trost!

Böhme.

Auf daß es Dir wohlergehe und Du lange lebest auf
Erden!

Dagmar.

Was soll's damit? Was nützt das Leben, so gelebt!

Böhme (entsetzt).

Was soll's damit? Was soll das Leben? Das habe ich
Dich nicht gelehrt. Hast Du denn keine Religion mehr?

Dagmar.

„Deine Religion sei Dein Gewissen" lautete die Glaubens=
lehre des freisinnigen Pastor Böhme.

Böhme.

Diese Wege zu gehen, habe ich Dich nicht gelehrt. (Entrüstet.) Was nützt das Leben? Hast Du mit Deiner Jugend ein Recht dazu, das zu sagen?

Dagmar.

Ja!

164

Böhme.

Niemandem gestehe ich dieses Recht zu. Und auch der bettelärmste Mensch, der so arm an Hoffnungen, wie reich an Enttäuschungen, hat nicht das Recht, der Natur vorzugreifen und den Zielen, die sie ihm gesteckt hat. Diese letzte That, zu der man mit der Frage „Was nützt das Leben" gelangt, ist und bleibt ein Verbrechen. Nicht Ueberdruß am Leben, nicht Furcht vor den Folgen einer That, nicht unschuldig ertragene Leiden rechtfertigen dieses Letzte und Fürchterliche.

Dagmar
(nach kurzer Pause tritt sie, den Kopf energisch zurückwerfend, auf den Pastor zu).

Pastor, Sie haben meine Mutter gekannt!

Böhme (macht eine erschrockene Gebärde).

Dagmar.

Sie waren ihr ein väterlicher Freund, ihr Rathgeber, ihr Helfer.

Böhme (abbrechend).

Ja.

Dagmar (kurz und entschlossen).

Meine Mutter ist in ihrer Ehe sehr unglücklich gewesen?

Böhme (unruhig).

Dagmar, wohin führst Du dieses Gespräch!

Dagmar.

Ich bin das Kind nicht mehr, dem man mit süßen Ausflüchten auch jetzt die Wahrheit vorenthalten kann. Sprechen Sie offen, Herr Pastor, ich bin doch wohl berechtigt, die Wahrheit zu hören. Warum hat meine Mutter lange dreizehn Jahre einsam gelebt, warum ist sie einsam gestorben?

Böhme (unmuthig abwehrend).

Bin ich dazu hierher gekommen? Die Zeiten sind längst geschwunden. Ich bin ein alter Mann . . . ich weiß nichts mehr davon . . . nichts mehr.

Dagmar (immer bringlicher).

Wenn ich Ihnen aber nun sage, daß an Dem, was ich erfahren will und muß, all' mein Lebensglück, meine Zukunft hängt, daß ich es als Waffe brauche zu meiner Rettung.

Unverkäufliches Manuscript.

Böhme.

Mein Gott, Du erschreckst mich!

Dagmar.

Nun beweisen Sie mir doch Ihre Freundschaft. Nun zeigen Sie mir doch, ob Sie mir einen Dienst zu leisten, ein Opfer zu bringen im Stande sind. Rührt Sie das nicht, daß ich nun vor Ihnen stehe, und um ein wenig Wahrheit bettle? Meine Mutter w a r unglücklich?

Böhme.

Laß mich jetzt fort...

Dagmar.

Noch deutlich sehe ich sie vor mir, die blasse Frau, die mich liebkoste und küßte. — Sie waren der Einzige, welcher bei ihrem Tode zugegen war.

Böhme (in furchtbarer Angst stammelnd).

Ich weiß es nicht... mehr.

Dagmar (energisch).

Pastor, wie ist meine Mutter gestorben?

Böhme (murmelnd).

In Demuth und Ergebenheit.

Dagmar (mit erhobener Stimme).

Starb sie versöhnt mit meinem Vater?

Böhme (schweigt mit abgewandtem Gesicht).

Dagmar (immer lauter).

Also in Verzweiflung?

Böhme
(erhebt sich, hält sich krampfhaft am Tisch fest, endlich kämpft er mühsam hauchend hervor).

Ja!

Dagmar
(fällt mit einem gellen Schrei auf das Fauteuil. Tiefe Pause).

Böhme (sich setzend, milde).

Komm her zu mir, mein Kind. Meine Füße tragen mich nicht bis zu Dir.

Dagmar (erhebt sich und sinkt schluchzend vor ihm nieder).

Böhme (ihr das Haar streichelnd).

Beruhige Dich! (Wie für sich, in Gedanken verloren.) Seltsam... wie sich doch Alles wiederholt. Hier... in diesem Saale, auf der gleichen Stelle, hat auch Deine Mutter einst vor mir gekniet. (Erneutes Schluchzen Dagmar's.) Aber andere Wirrsale waren es, aus denen ich ihr helfen sollte. (Pause.)

Dagmar (aufstehend).

Pastor Böhme! Wenn diese unglückliche Frau das Mar= tyrium, welches sie zu erdulden hatte, von sich geworfen hätte, freiwillig, mit vollem Bewußtsein: wäre auch das ein Verbrechen in Ihren Augen gewesen?

Böhme.

Was Du errathen, mein Kind, das ist der wunde Fleck in Eurer Familie. Einen solchen giebt es in jedem Hause. Klugheit und Stolz und Selbstachtung arbeiten unablässig, die Kunde von einem solchen wunden Fleck nicht über die Schwelle des Hauses zu lassen. In den ersten Jahren verfolgt es Einen wie ein Gespenst und Jeden sieht man prüfend an mit der stummen Frage: „Weißt auch Du es? Muß ich auch vor Dir die Augen niederschlagen?" Aber nach und nach gewöhnt man sich an diesen brandigen Fleck. Man vergißt ihn. Das liegt im leichten Sinn der menschlichen Natur. Es vergißt sich Alles... Alles. (Pause.) Muth, mein Kind! Wem sich das Glück nicht willig giebt, der muß es sich erkämpfen!

Dagmar.

Sie sind ein alter Mann, Pastor Böhme. Sie haben die Strecke zurückgelegt, die ich noch zu gehen habe. Sie sind wunschlos mit Ihren siebzig Jahren. Sie vermögen sich nicht mehr in eine junge Menschenseele zu versenken, vor der die Welt offen liegt, welche strebt und sich sehnt und gierig ist nach dem Glück und ... (traurig lächelnd) mit so wenig zufrieden wäre! (Vor sich hin.) Was nützt das Leben, so gelebt!

Böhme (aufstehend).

Mein Kind, das Leben ist wie ein hoher Berg. Steil und schroff führen die Wege hinan, nur selten unterbrochen von lieb= lichen Ruhepunkten. Wer darf da wohl auf halbem Wege ermüdet umkehren? Hinan zum Gipfel, Kind, es lohnt die Aussicht!

Dagmar (vor sich hinstarrend).

Und droben Nebel und Wolken und Dunkelheit!

Böhme (mit edler Wärme)

Und durch alle diese Finsterniß bricht endlich doch die Sonne der Liebe!

Dagmar (wie von einem Hoffnungsstrahl durchzuckt).

Die Sonne der Liebe?

Böhme.

Laß mich zurückführen nach Hause! (Dagmar klingelt; Lange tritt von links ein und hilft ihm beim Gehen; sie beugt sich tief vor ihm, er legt wie segnend seine Hand auf ihr Haupt.) Und Dagmar ... Milde ... Versöhnung!... Hörst Du? Nur durch diese kannst Du zur Erkenntniß der

Manuscript not for sale.

4*

Wahrheit, zum Glück gelangen. Leb' wohl! — So ist's recht, Herr Lange. Ja, die Füße, die müden Füße! Sie werden nicht mehr lange wandern brauchen. (Mit Lange Veranda ab)

14. Scene.

Dagmar. (Dann) Martinus.

Dagmar (an der Verandathür stehend und ihm lange nachsehend).

Die Sonne der Liebe?

Martinus
(von links; Pause, in der er sie schmerzlich betrachtet; endlich ruft er leise).

Dagmar!

Dagmar (sich umwendend, mit freudigem Schreck).

Martinus! (Sie sehen sich einen Augenblick an; Pause.)

Martinus.
Wie wird sich der alte Mann gefreut haben, Sie wieder= zusehen! (Pause.) Es war eine schöne, selige Zeit, als er uns noch unterrichtete. Wissen Sie noch, Dagmar, als wir Burgen bauten, dort unten am Bach, und das Märchen von den Königskindern spielten „Sie konnten zu einander nicht kommen — das Wasser war viel zu tief". (Pause.) Dann hat uns das Leben getrennt, ich bin auf der Scholle geblieben und Sie sind in die weite Welt gezogen, auf lange Jahre!

Dagmar.
Warum sind Sie mir nicht an den Hof gefolgt? es würde sich wohl der Mühe für Sie lohnen, dieses Leben aus eigener Anschauung kennen zu lernen.

Martinus.
Für mich, den simpeln Dorfarzt? Glauben Sie nicht auch, daß meine Füße, welche nur den harten Boden der Landstraße gewöhnt sind, auf dem glatten Parket des Hofes leicht aus= gleiten könnten?

Dagmar.
Es käme auf die Probe an.

Martinus.
Sehen Sie, Dagmar, dieser Hofmarschall ist mir ein deut= licher Beweis. Er betrachtet mich immer mit einem so mit= leidigen Lächeln, als ob er sagen wollte: „Du lieber Gott."

Dagmar.
Ich glaube, Sie irren sich in Baron Dölsach. Ein wenig barock, aber ein Mann von Herz und vornehmer Gesinnung.

Nein, Martinus, gedankenlose Genußsucht ist von diesem Hofe
verbannt. Da wetteifern Adel des Herzens mit ernstem Ringen
nach allem Schönen. Tüchtigkeit im Beruf ist die Devise und
daß man Sie beachten würde, dafür ließen Sie mich sorgen.
Sie haben glänzende Fähigkeiten. Ihr Werk hat Aufsehen
erregt. Kommen Sie mit mir an den Hof. Ich habe die
Herzogin Marie auf Sie aufmerksam gemacht. Der Leibarzt
der Fürstin ist ein alter Mann. Man sucht für ihn einen Ersatz.
Da finden Sie einen schönen, beglückenden Wirkungskreis.

Martinus.

Ich danke Ihnen, Dagmar. Wenn aber (er stockt) —

Dagmar.

Sprechen Sie.

Martinus.

Wenn aber Sie selbst nicht mehr an den Hof zurückkehren
könnten . . .

Dagmar.

Nicht könnten? Wer will mich hindern?

Martinus (leise).

Ihr Vater! (Plötzlich.) Dagmar, ich komme als Abgesandter
Ihres Vaters. Ich muß mit Ihnen sprechen.

Dagmar (ruhig).

Was will er von mir?

Martinus (mühsam hervorkämpfend).

Dagmar . . . ich soll Sie bitten . . . seinen Plänen zu will=
fahren und . . . ihre Hand . . . dem . . . Grafen Melnikoff zu
reichen.

Dagmar (sich an's Herz greifend).

Und diesen Auftrag mußten Sie mir überbringen? (Wehmüthig.)
Oh, das schmerzt!

Martinus (ohne sie anzusehen).

Ihr Vater drang in mich. Von meiner Fürsprache erhofft
er die Erfüllung seiner Wünsche. Er fordert diesen Dienst als
Beweis meiner Dankbarkeit. Diese bin ich ihm schuldig . . .
und deswegen that ich es. Erleichtern Sie mir, Dagmar, das
Fürchterliche des Augenblicks. Antworten Sie mir . . . ich er=
trage Ihr Schweigen nicht länger. Wollen Sie . . . in diese
Verbindung willigen?

Dagmar (wehmüthig, für sich).

Das also ist die Sonne der Liebe?

Martinus.

Wollen Sie dem Grafen . . .

Unverkäufliches Manuscript.

Dagmar (rauh).

Halten Sie ein . . . es ist genug.

Martinus.

Sie weigern sich also?

Dagmar.

Ja.

Martinus.

Weigern sich, trotzdem Alles . . . für diese Verbindung spricht. Rang, gesellschaftliche Stellung, Alles . . . Alles . . .

Dagmar (zornig).

Ja Alles, nur Eines nicht, nach dem Ihr großen Lebens=künstler nicht fragt, nur Eines nicht: mein Herz! Sie sehen mich fragend an? Oder glaubten auch Sie: ich sei ein Geschöpf ohne Seele, ohne Herz? (Steigernd.) Ja, ich habe ein Herz, das sich aufbäumt, wenn man ihm seine Schläge vorschreiben, seine Blutwellen regeln, wenn man es in eiserne Klammern zwängen will. Was verlangt man von mir? Einem Manne die Hand zu reichen, dessen Name mir so fremd, wie sein Herz. Sie kennen mich gut genug. Sie wissen, ich habe mich in der Rolle des romantischen Mädchens niemals gefallen, ich lächle über die modernen Dornröschen, deren Köpfe durch schlechte Romane verwirrt und die nur auf den blondgelockten Ritter warten, der sie erwecken soll. Kinderträume! Aber, wenn wir Mädchen zu denken anfangen, wenn wir um uns schauen und sehen, wie all' diese Ehen geschlossen werden, gedankenlos, unwürdig . . . wie sich da nicht zwei Herzen vereinigen zum Bunde für's Leben, sondern sich nur zwei Vortheile verbinden: Vermögen und Name, Genußsucht und Eitelkeit . . . (Verächtlich.) Ah, nur nach dem Einen fragt man nicht, nach der Liebe!

Martinus (der ihr bewundernd folgt).

Dagmar, liebe Dagmar!

Dagmar (fortfahrend).

Ja, nach der Liebe! Davon steht in Euren Ehecontracten Nichts. Traurig genug, daß so viele Mädchen, gedankenlos auferzogen, zufrieden sind mit diesen Contracten und lächelnd für Glück eine Robe, für Zufriedenheit einen Schmuck, für Liebe eine Loge in der Oper eintauschen. Die Männer, welche einen solchen Handel eingehen, sind meist nur bedauernswerth, die Mädchen aber sind verächtlich! Aber es giebt unter uns noch starke, gesunde Naturen, die sich aufbäumen gegen diese Ver=irrung, die zu sittlich sind, um so unsittlich zu werden.

Martinus (für sich).

Wie schön sie ist in ihrem Zorn!

Dagmar.

Es mag Ihnen hart, unnatürlich, unweiblich aus meinem Munde klingen, aber das Mädchen, welches nur dem Drange seines Herzens folgend, nicht achtend all' der moralischen Bedenken, auch ohne den Segen seiner Eltern (sie ist dicht vor Martinus getreten) dem Manne, den es liebt, Alles... Alles giebt... ich schätze es tausend Mal höher, als das Geschöpf, welches sich von den Seinigen elend verkaufen läßt! (Indem sie ihm leidenschaftlich in die Augen sieht.) Diese Hand, dieses Herz erhält nur der Mann, den ich liebe! (Mit großer Leidenschaft.) Ein Andrer nie... nie... nie! (Pause, ruhig.) So, nun gehen Sie hin zu meinem Vater und sagen Sie ihm das!

Martinus
(der sie bewundernd angeblickt, sich selbst vergessend, leidenschaftlich).

Dagmar! Und wenn der Mann nun käme und böte Ihnen in inniger, heißer Liebe, selbstlos Alles, was er sein Eigen nennt, wenn er vor Sie träte und spräche: „Dagmar, nicht Deinen Rang, nicht Deinen Reichthum, nicht Deine Schönheit liebe ich...

Dagmar (mit seligem Lächeln, für sich).
O, mein Gott!

Martinus.

„ich liebe Dich, weil Du so bist, wie Du bist. Nicht strahlenden Glanz kann ich Dir bieten, aber ein schönes, stillumfriedetes Glück, an Deinem „Ja" hängt jetzt mein ganzes Leben, (er tritt dicht vor sie) hier in diesen Armen, an dieser Brust will ich Dich bergen und schützen", was... (er stößt die Worte leidenschaftlich hervor) Dagmar... was... würden Sie dann thun?

Dagmar (mit überströmender Innigkeit).

Ich würde in seine Arme stürzen und rufen: „Hier, nimm mich hin, ich liebe Dich!"

Martinus (sie an seine Brust drückend).

Dagmar... mein holdes, süßes Lieb! (Sie lehnt einen Augenblick den Kopf an seine Brust, stummes Spiel; indem er sie von sich läßt, mit froher Zuversicht.) Ja, nun will ich zu Ihrem Vater und ihm Alles sagen.

Dagmar.

Wollen Sie mir versprechen, unser Glück noch zu verschweigen, bis ich selbst... Versprechen Sie... versprichst Du es mir?

Martinus (selig).

Alles... Alles!

Manuscript not for sale.

15. Scene.

Vorige. Wildenwart (von der Veranda).

Wildenwart.

Lieber Martinus, meine Schwester, welche soeben von Riedheim zurückgekehrt ist, wünscht Sie zu sprechen.

Martinus.

Ich eile.

Wildenwart (leise zu Martinus).

Haben Sie mit Ihr gesprochen?

Martinus.

Ja. (Verbeugt sich und links ab.)

Dagmar (im Vordergrunde, für sich).

Jetzt in den Kampf. Ich bin gerüstet.

16. Scene.

Dagmar. Wildenwart.

Wildenwart.

Guten Tag, Dagmar! Finde ich Dich endlich! Ich will nicht hoffen, daß Du mich absichtlich fliehst. Gieb mir die Hand, Dagmar, ich heiße Dich hier willkommen.

Dagmar (ohne ihm die Hand zu reichen).

Ich danke Dir!

Wildenwart.

Laß uns in Ruhe sprechen. Wir finden so allein die Klarheit. Willst Du zuerst sprechen, oder wünschest Du mich zu hören?

Dagmar.

Bitte, sprich!

Wildenwart.

Du bist von meinen Plänen durch Deine besten Freunde, durch die Gräfin und Martinus unterrichtet worden. Ich hoffe, daß Du auf Martinus' Fürsprache Dich meinem Projecte williger zeigst, als zuerst und als ich es nicht anders — ich gestehe Dir das — erwarten durfte. Bitte, antworte mir!

Dagmar.

Sprich weiter.

Wildenwart.

Dagmar, setze Dich und höre mich ruhig an. (Beide bleiben stehen.) Es ist das erste Mal in unserem Leben, daß wir so mit einander sprechen. Es wird von Dir abhängen, ob es auch das Letzte ist. Wir haben uns niemals verstanden.... Deine

Heftigkeit.... Dein unbeugsamer Trotz ... die Schuld lag vielleicht auf beiden Seiten. Ich fühlte, daß Du mich haſſeſt ... ich fühlte die Kluft zwiſchen uns ſich immer erweitern.... Für manche bittere Enttäuschung, welche mir das Leben gebracht, hoffte ich, in Dir Erſatz zu finden, ich hoffte: Du würdeſt mitleidig meine düſtere Einſamkeit zerſtreuen. Daß es nicht ſo geſchehen, iſt ...

Dagmar (ruhig).

Deine Schuld!

Wildenwart.

Ich hoffte, daß Du mich lieben lernen würdeſt ... es kam anders.

Dagmar (ruhig).

Deine Schuld!

Wildenwart (düſter).

Ich bin niemals geliebt worden, Dagmar, niemals!

Dagmar.

Deine Schuld!

Wildenwart (ſie ſchmerzlich betrachtend).

Biſt Du deſſen ſo gewiß?

Dagmar (ſieht ihn erſtaunt an).

Wildenwart.

Laß mich erſt von mir ſprechen. Ich beabſichtige, Gräfin Alice von Türk zu meiner Gattin zu machen. In ihrem Beſitz hoffe ich die Ruhe, den Frieden, die ſtille Glückſeligkeit zu finden, nach der ich mich vergeblich geſehnt mein ganzes Leben. Die Gräfin wird noch heute Wildenwart verlaſſen und, da ſie fürchtet, Dir zu mißfallen, erſt in einigen Wochen zurückkehren. Du wirſt, hoffe ich, dieſe Handlung achten. Ihr Zartgefühl beſorgt: Du könnteſt ſie als Eindringling betrachten. Lerne ſie erſt kennen und auch Du wirſt ihren Werth zu ſchätzen wiſſen. <i>(Pauſe.)</i> Dagmar!

Dagmar (kalt).

Du wünſcheſt?

Wildenwart.

Ich hoffte auf eine Antwort von Dir. <i>(Kurze Pauſe; er ſetzt ſich.)</i> Und nun zu Dir! Um Deine Zukunft zu ſichern, habe ich mich entſchloſſen ...

Dagmar (ihn unterbrechend).

Ich gehe bereits morgen an den Hof zurück.

Wildenwart.

Das wird nicht geſchehen.

Unverkäufliches Manuſcript.

Dagmar

Warum nicht?

Wildenwart.

Ich habe bereits der Herzogin Marie mitgetheilt, daß Du nicht mehr in die Residenz zurückkehrst. Ich gestatte Dir, in meiner Begleitung den Hoheiten für ihre Jahre lange Dir bewiesene Huld zu danken und dann ...

Dagmar.

Dann?

Wildenwart.

Graf Melnikoff warb um Deine Hand und ich habe ihm mein Jawort gegeben.

Dagmar (ruhig).

Ich werde diesem Mann meine Hand nicht geben.

Wildenwart.

Du mußt es!

Dagmar.

Niemals.

Wildenwart.

Die Ehre meines Namens fordert es.

Dagmar.

Niemals.

Wildenwart.

Und Deine Gründe?

Dagmar (leidenschaftlich).

Weil ich nicht das Schicksal meiner Mutter haben will.

Wildenwart (aufspringend).

Deiner Mutter?

Dagmar.

Weil ich nicht elend zu Grunde gehen will in trostloser Verzweiflung, wie Jene.

Wildenwart (sie an der Hand ergreifend).

Unseliges Kind, halt' ein! (Pause, in welcher sie sich Aug' in Aug' gegenüberstehen; voll Ingrimm.) Du hast meine Geduld auf die Probe gestellt, lange, lange Jahre. Ich habe geschwiegen. Alle Anschuldigungen meiner Schwester, all' Deinen Haß habe ich ertragen. Treibe mich nicht zu weit. Du könntest es bereuen.

Dagmar.

Ich habe nichts zu bereuen.

Wildenwart.

Weißt Du das so gewiß? Weißt Du wie namenlos elend ich bin seit 20 Jahren? Dein Haß entreißt mir endlich das

furchtbare Geheimniß, und, daß Du es erfährst, soll Deine
Strafe sein. (Leise.) Weißt Du, wer mich so elend gemacht hat?
.... Deine Mutter!

Dagmar (energisch).

Beleidige mich, tödte mich, wenn Du willst, aber beschimpfe
nicht das Andenken Jener!

Wildenwart.

Achtest Du es höher als die Liebe Deines Vaters?

Dagmar.

Schuldlos hat sie ihr einsames Leben vertrauert. Selbst
mich hattest Du ihr entrissen. Ihr Schicksal rührte mich; sie,
die mir ferne war, lernte ich lieben, Dich lernte ich hassen. Und
als ich das letzte Mal sie sah, da schaute sie mir lange in die
Augen und flüsterte mir zu: „Mein Kind, sei Du gütig und
mild mit mir, bleibe Du mir treu, auch wenn ich nicht mehr
bin!" Ja sie habe ich geliebt, ihr würde ich jedes Opfer gebracht haben, ...

Wildenwart.

Wohlan! So thue es jetzt! Und diese Liebe, welcher Du
Deinen Vater opferst, will ich jetzt ...

Dagmar (sich zum Gehen wendend).

Laß mich fort.

Wildenwart (gebieterisch).

Du bleibst und hörst mich.

Dagmar (will fort).

Wildenwart (ergreift ihre Hand).

Bleib! (Energisch). Ich befehle es Dir! (Pause; leise flüsternd)
Deine Mutter, Dagmar, war ... eine ... Unwürdige!

Dagmar (aufkreischend).

Allmächtiger Gott!

Wildenwart (leise).

Sie raubte mir ... die Ehre und in Verzweiflung ... über
ihre unselige That endete sie, da ich ihr auch nach langen Jahren
nicht verzieh, freiwillig ihr Leben!

Dagmar
(schaudernd, mit beiden Händen sich die Ohren verschließend).

Du lügst, Du lügst!

Wildenwart (würdevoll).

Du sprichst zu Deinem Vater! — (Leise.) Was Du jetzt
hörst, verschließe es für immer, wie ich es in mir verschloß
lange Jahre. Niemand erfuhr das Entsetzliche.

Dagmar (dumpf).

Auch Pastor Böhme nicht?

Manuscript not for sale.

Wildenwart.

Er ist der Einzige, der es weiß. Ihm hat sie es sterbend
anvertraut. — Der Räuber meiner Ehre floh. Ich verfolgte
ihn durch ganz Europa. Endlich erreichte ich ihn. Der Elende
bat mich auf den Knieen, ihm das Leben zu lassen. Von einem
solchen Subject konnte ich keine Genugthuung verlangen. Ich
ließ ihn schwören, daß niemals ein Wort über das Geschehene
über seine Lippen komme, daß er Europa nicht mehr betreten
dürfe, sonst schösse ich ihn nieder, wo ich ihn träfe. — Deiner
Mutter befahl ich, ihr Leben einsam in Riedheim zu verbringen.
Ich wollte nicht den Namen Wildenwart durch einen Scheidungs-
prozeß gezogen sehen. Sie folgte willig meinem Befehle. Nur
um Dich, um Deinen Besitz kämpfte sie. Du zähltest damals
erst drei Jahre. Ich fürchtete den unheilvollen Einfluß und
ließ Dich bei mir. Aber ihrem immer erneuten Flehen, Dich
zu sehen, gab ich nach und Du durftest alle Jahre einige Tage
bei ihr verbringen. So lerntest Du sie, die sich in heißer Reue
verzehrte, lieben!

Dagmar (murmelnd).

Meine Mutter! (Pause.)

Wildenwart.

Jener Schurke hat sein Wort nicht gehalten. Ich hörte
Nichts mehr von ihm. Da, vor einigen Monaten, verlangt
mich Graf Melnikoff, den ich in Paris flüchtig kennen gelernt
hatte, zu sprechen. Er stellte sich vor als nächster Verwandter
jenes Hallunken, der ihm sterbend das Geheimniß verrathen
hatte. Ich wies ihm die Thüre: er habe den Verstand verloren. Aber ich hatte mich verrechnet: er kam ausgerüstet mit
guten Waffen. Alle Briefe, die Deine Mutter in unseliger
Verblendung jenem Nichtswürdigen geschrieben, waren in den
Besitz des Grafen übergegangen. Noch mehr! Das Tagebuch
Deiner Mutter, welches sie jahrelang geführt, in welchem sie
täglich ihre geheimsten Wünsche niedergeschrieben, in welchem
sie in Erinnerungen an jene Verirrung geschwelgt, in welchem
jedes Wort heiße Liebe zu Jenem athmet, besitzt Graf Melnikoff.
Kein Läugnen mehr möglich. Verächtlich fragte ich ihn nach
dem Preise. Ich wollte ihn königlich belohnen. Alles was ich
besitze, bot ich ihm an, um meinen ehrlichen Namen zu retten.
Als Preis verlangte er Dich!

Dagmar (schaudernd).

O mein Gott!

Wildenwart.

Er liebe Dich und einzig und allein Dein Besitz könne ihn, den vom Wege Verirrten, wieder erheben. Nur Dein Besitz würde ihn abhalten, die Briefe, welche die Schreiberin auf's Aeußerste compromittiren, das Tagebuch mit allen Namen und Details der Oeffentlichkeit zu übergeben. Wie niedergeschmettert verlangte ich Bedenkzeit. Er gewährte sie. Ich eilte nach Petersburg, um dort, wo Melnikoff herstammt und lange gelebt, seinem Leben nachzuspüren, um, wenn möglich eine Waffe gegen ihn und sein elendes Treiben zu gewinnen. Umsonst! Man zuckte die Achseln und verweigerte mir jede Hülfe . . . sollte ich mich unserem Herzog entdecken und um seine Vermittelung bitten? Es würde Nichts nützen, Melnikoff ist nicht Unterthan unseres Fürsten. Soll ich die Gerichte um Schutz anrufen und meinen Namen über alle Gassen schreien lassen? Soll ich ihn niederschießen, und zu der Sünde, die Jene beging, noch einen Mord gesellen? Ahnst Du nun, was ich seit Monaten gelitten, qualvolle Tage, grauenvolle Nächte! Ich habe gekämpft wie ein Verzweifelter für das Andenken Deiner Mutter, für Deine Zukunft: es war Alles umsonst!

Dagmar.

So will ich mit ihm sprechen.

Wildenwart.

Glaubst Du, dieser Mann würde Deinen Bitten weichen?

Dagmar.

Meinen Bitten nicht . . . aber meiner Verachtung!

Wildenwart.

Du irrst. Von Dir verschmäht, würde er seine Drohungen ausführen. Er verlangt noch heute Dein Ja! Nun weißt Du das Entsetzliche, nun weißt Du, warum ich in Dir, dem Einzigen, was mir Jene hinterließ, kein Vermächtniß der Liebe, sondern nur die Erinnerung an jene grauenvolle Zeit gesehen. Und als Du heranwuchsest und Deine Züge mich stündlich immer wieder, immer mächtiger an Jene gemahnten, als ich sah, daß jeder Deiner Gedanken nur ihr galt, da . . . Dagmar . . . habe ich auch Dich hassen gelernt! (Pause.) Ich lege Ehre und Geschick unseres Geschlechtes in Deine Hand. Ich zwinge Dich nicht und lasse Dich jetzt frei walten. Weisest Du ihn zurück, dann ruft er unsere Schande hinaus in die Welt, dann will ich mein Wappen= schild zerbrechen, bevor es jedem Buben erlaubt ist, es mit Füßen zu treten, reichst Du ihm Deine Hand, so . . .

Unverkäufliches Manuscript.

Dagmar (wehmüthig, für sich).

Martinus, armer Freund!

Wildenwart (milde).

Entscheide Dich, Dagmar, an Deinem Ja hängt die Ehre dieses Hauses!

Dagmar (flehend).

Und sonst kein Ausweg?

Wildenwart.

Nein!

Dagmar.

Keine Rettung?

Wildenwart.

Keine!

Dagmar (flehend).

Keine Hülfe?

Wildenwart.

Nein.

Dagmar (nach langer Pause).

Ich . . . bin . . . bereit! (Sie droht zu sinken.)

Wildenwart (mit überströmendem Gefühl).

Dagmar, all' der Haß, mit dem Du mich verfolgtest, den ich in stummem Gram erduldete, um Dir, dem unschuldigen Kinde, nicht die Wahrheit enthüllen zu müssen, er sei vergessen für immer!

Dagmar
(hat sich ihm langsam genähert und sinkt vor ihm auf die Knie).

Verzeih' mir, Vater. Verzeih'!

Wildenwart (sie zu sich emporziehend).

Mein Kind, dieser Augenblick löscht Alles hinweg, Alles Grauenvolle, was ich erlebt. In diesem Augenblicke, in dem Du Deine Mutter verlorst . . .

Dagmar.

. . . habe ich meinen Vater gefunden! (Pause.)

17. Scene.

Vorige. Lange (wird auf der Veranda sichtbar).

Dagmar.

Rufen Sie, Herr Lange, den Grafen Melnikoff hierher. Ich wünsche ihn zu sprechen.

Lange.

Der Herr Graf werden im Augenblick hier sein. (ab.)

18. Scene.

Dagmar. Wildenwart. Melnikoff (wird zuerst auf der Veranda sichtbar. Ihm folgen unmittelbar) **Gräfin Bernrod. Dölsach. Martinus.** (Melnikoff eilt vor, Martinus tritt gleichzeitig auf der anderen Seite vor.)

Dagmar (mit rauher Stimme).

Graf Melnikoff, Sie haben um meine Hand geworben. Ich . . . gebe . . . sie Ihnen! (Sie hält sich krampfhaft am Stuhl fest, die Augen niedergeschlagen.)

Melnikoff (verbeugt sich tief vor ihr).

Martinus (leise schmerzlich rufend).

Dagmar! (Leise und wehmüthig.) Dagmar!

Dagmar
(droht zu sinken, Wildenwart hält sie in seinen Armen).

Gräfin Bernrod (für sich).

Was ist das? (Sie führt Dagmar langsam links ab. Dölsach und Melnikoff Veranda ab.)

19. Scene.

Wildenwart. Martinus.

Martinus.

Gestatten Sie mir, Herr Graf, einen Urlaub auf un= bestimmte Zeit?

Wildenwart.

Er ist Ihnen gewährt. (Er geht nach hinten, an der Verandathür sich noch einmal nach dem vorn alleinstehenden Martinus umwendend, er sieht ihn lange an und murmelt dann.) Und er liebt sie dennoch, der Arme! (Mitte ab.)

20. Scene.

Martinus (allein).

Martinus (in einem Stuhle zusammenbrechend).

„Sie konnten zu einander nicht kommen — das Wasser war viel zu tief." (Verzweifelnd.) Dagmar! Dagmar!!

Der Vorhang fällt.

-

Manuscript not for sale.

Dritter Aufzug.

(Prunkvoller Saal. Mittelthür. Seitenthüren. Links ein hohes Bogenfenster. In den beiden Ecken im Hintergrunde reiche Blumenarrangements.
Im Vordergrunde rechts ein mächtiger Tisch mit Sammetdecke. Auf
dem Tisch eine kostbare Cassette und Schreibzeug. Hinter dem Tisch
ein Lehnsessel auf einer kleinen teppichbelegten Erhöhung; vor dem Tisch
mehrere Lehnsessel. Links neben dem Fenster ein Kamin mit Stehuhr.
Vor demselben ein Fauteuil mit kleinem Tisch. Abenddämmerung.)

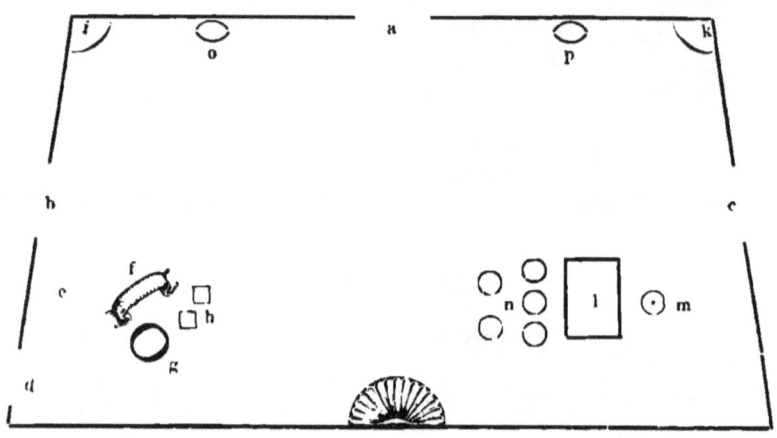

a: Mittelthür.	h: Stühle.
b, c: Seitenthüren.	i, k: Blumen-Arrangements.
d: Fenster.	l: Tisch.
e: Kamin.	m: erhöhter Sessel.
f: Fauteuil.	n: Lehnsessel.
g: Tisch.	o, p: Stehlampen.

NB. Es sind hier nur die zur Handlung erforderlichen Möbel ꝛc. an-
gegeben. Die Stellung der übrigen zur Ausschmückung wünschens-
werthen bleibt dem Ermessen der Regie überlassen.

1. Scene.

Lange. Mehrere Diener.

Lange.

Georg, lassen Sie die Vorhänge fallen. (Geschieht. Zu Franz.) Sie zünden die Giraudolen dort auf dem Kamin an. (Er ordnet noch Einiges und sieht sich dann prüfend um.) Ich glaube, die Vorbereitungen sind nun getroffen. Ich kann mich also auf Sie verlassen?

Diener.

Es soll Alles bestens besorgt werden, Herr Lange. **164**

Lange (auf den kleinen Tisch vor Kamin zeigend).

Hier noch eine Lampe her! Und für den Pastor Böhme Ruhesessel auf die Treppen.

(Während der folgenden Scene sind die Diener discret mit dem Anzünden der Lichter und Lampen auf Kamin und Tisch beschäftigt, man sieht sie einige Male ab- und zugehen und dann durch Mitte ab.)

2. Scene.

Lange. Dölsach (im Frack mit Ordensstern).

Dölsach (von links, sich umsehend).

Charmant.. charmant! Diese Arrangements machen ihrem Geschmack wieder alle Ehre, Herr Lange.

Lange.

Zu gütig, Herr Baron, das Compliment gebührt nicht mir, sondern seiner Erlaucht, deren Befehle auszuführen nur meine Pflicht, nicht mein Verdienst.

Dölsach (für sich).

Dieser Lange ist beinahe ein Gentleman. (Zu Lange.) Also heute Abend?...

Lange.

... bringen die Herrschaften in stiller Zurückgezogenheit zu.

Dölsach.

Angenehme Perspective! Und das Programm für die morgigen Hochzeitsfeierlichkeiten?

Lange.

Empfang der Herrschaften an der Herkulestreppe ... durch den Musiksaal und die Galerie hierher. Nach der hier stattfindenden Trauung ...

Dölsach.

Wird das Paar nur standesamtlich getraut?

Lange.

Ja!

Unverkäufliches Manuscript.

Dölsach.

Schade, daß die kleine Schloßcapelle, dieses Bijou, nicht be=
nützt wird. Also nach der Ceremonie …

Lange.

Déjeuner dinatoire im blauen Saal.

Dölsach.

Das Diner im engsten Kreise?

Lange.

Nur die Herrschaften und die Trauzeugen.

Dölsach
(setzt sich und glättet sein Haar vor dem Handspiegel).

Und diese sind?

Lange (sich verbeugend).

Herr Hofmarschall … Herr Pastor Böhme … Herr Notar
Doctor Gernsdorf und Herr Doctor Martinus.

Dölsach (sehr erstaunt).

Nicht möglich! Wo hat denn der Herr Doctor die ganzen
vier Wochen seit der Verlobung der Comteß gesteckt?

Lange.

In Italien.

Dölsach.

Und heute erst retournirt?

Lange (leise).

Der Herr Doctor sind nur auf besonders inständiges Bitten
der Comteß zurückgekehrt. Die alte Dorothee hat es mir erzählt.

Dölsach (mehr für sich).

So, so, mir sehr erwünscht, dann kann ich ja den höchsten
Auftrag gleich hier an ihn ausrichten.

Lange.

Seine Erlaucht haben erst heute Mittag die Comteß von
Schloß Riedheim abgeholt, wo sie seit vier Wochen weilte.
Ein einsamer Brautstand!

Dölsach (mehr für sich).

Hm! Etwas Sonderbares läßt sich der ganzen Sache nicht
absprechen. Die Braut geht am Tage nach ihrer Verlobung auf
das benachbarte Riedheim … (zu Lange) in wessen Gesellschaft?

Lange.

Nur in Begleitung zweier Domestiken. Die Comteß
wünschten ausdrücklich allein zu sein.

Dölsach (wieder für sich).

Der Bräutigam verbringt die Zeit in Paris und Beide
kehren erst im letzten Augenblick zurück. Seltsam! (Zu Lange.) Und
wer nimmt die Trauung vor?

Lange.

Herr Standesbeamte Heckel.

Dölsach.

Vortrefflicher Partner beim Bézique. Kann man ja heute Abend in „stiller Zurückgezogenheit" ein Spielchen machen.

Lange.

Der Herr treffen erst morgen früh mit dem Courirzug aus der Residenz hier ein; mit demselben Zuge, wie die Gräfin Türk.

Dölsach (gedehnt)

Die Gräfin Türk?.. (Die Leo bemerkend, zu Lange) Pst, man kommt.

3. Scene.

Vorige. Fräulein Leo (von links).

Fräulein Leo.

Herr Lange, die Frau Gräfin lassen Sie ersuchen... (Lange mit Verbeugung gegen Dölsach links ab).

4. Scene.

Dölsach. Fräulein Leo.

Dölsach.

Ah! meine Schutzbefohlene! (Für sich.) Jünger ist sie in dem letzten Monat nicht geworden.

Fräulein Leo (unter drei Verbeugungen).

Herr Baron!

Dölsach.

Verehrtes Fräulein, es freut mich, Ihnen eine angenehme Mittheilung machen zu können. Ich habe der Frau Herzogin Bericht erstattet über Ihre Wünsche und die hohe Frau diesen nicht abgeneigt gefunden.

Fräulein Leo (affectirt).

Herr Hofmarschall!

Dölsach.

Nur zwei Bedingungen geruhten Ihre Hoheiten daran zu knüpfen. Die Hoheiten wünschen vorher ein Porträt von Ihnen zu sehen.

Fräulein Leo.

Bitte hier! (Sie nimmt aus der Tasche eine Photographie und giebt sie ihm.)

Dölsach (erstaunt).

Tragen Sie denn das immer bei sich?

Manuscript not for sale.

5*

Fräulein Leo.

Herr Baron scherzen. Ich wollte dieses Bild der Comteß heute zur Erinnerung geben.

Dölsach (das Bild durch die Lorgnette betrachtend).

He? Pardon, wen stellt das Bild vor?

Fräulein Leo (verschämt).

Mich.

Dölsach (vergleichend).

So?!

Fräulein Leo.

Ich ... habe mich allerdings in den letzten Jahren nicht mehr photographiren lassen.

Dölsach (für sich).

Sehr klug.

Fräulein Leo (verlegen).

Es ist hier keine Gelegenheit ...

Dölsach.

So, so, aus Ihrer Jugendzeit also! (Für sich). Eine Photo=graphie, das wundert mich; ich glaubte, da wäre diese noch gar nicht erfunden gewesen. (Das Bild einsteckend.) Wahrscheinlich ist sie es gar nicht. (Zur Leo.) Und die zweite Bedingung ist, Seine Hoheit den Erbprinzen möglichst früh zur französischen Lecture anzuhalten.

Fräulein Leo.

Ich vermag den hohen Wünschen völlig zu entsprechen.

Dölsach.

Erst die Grammaire, dann vielleicht Charles douze ... die Fabeln von Lafontaine ... (sie schelmisch anlächelnd) Emile Zola überlassen wir für spätere Jahre der eignen Wahl des Erbprinzen. Nicht wahr, Fräulein Leo?

Fräulein Leo (betroffen).

Herr Hofmarschall ... ich bitte ...

Dölsach.

Sie hören noch von mir das Nähere.

(Fräulein Leo drei Verbeugungen links ab.)

5. Scene.

Dölsach. (In den hinteren Sälen sieht man) **Gräfin Bernrod.**

Dölsach (ihr entgegen).

Ah, Frau Gräfin! (Er küßt ihr die Hand.)

Gräfin (vorkommend).

Ich danke Ihnen, Herr Baron, in Dagmar's und meinem Namen für Ihre Anwesenheit.

Dölsach (immer sehr fein)

Sie überschätzen mein Verdienst, gnädige Gräfin. Wenn ich auch selbst mit besonderem Vergnügen Ihrer Einladung folgte, um dem Ehrentage der Comteß beizuwohnen: am bestimmendsten war doch die Ordre Ihrer Hoheiten, welche mich als Stellvertreter hierherzusenden die große Gnade hatten. Die Frau Herzogin beabsichtigte zuerst selbst der Trauung beizuwohnen, mußten aber eines auswärtigen hohen Besuches wegen diesen Plan aufgeben.

Gräfin (ihn fixirend).

Aus keinem anderen Grunde ist Ihre Hoheit der Feier ferngeblieben?

Dölsach (ausweichend).

Ich wüßte nicht, was . . .

Gräfin.

Wie beurtheilt man am Hofe im Allgemeinen diese Verbindung?

Dölsach.

Man schüttelt den Kopf. Die Einen fragen sich vergeblich, was Ihren Herrn Bruder veranlassen konnte, seinen Namen mit demjenigen des in Hofkreisen völlig unbekannten Herrn Grafen Melnikoff zu verknüpfen, die Anderen — und das ist der größere Theil — wundern sich, daß Comteß Dagmar so schnell — ich möchte sagen, wenn es gestattet ist — so ohne Besinnen in diese Ehe willigte. Aber Alle vereinigen sich in dem schmerzlichen Bedauern, daß die glänzendste, liebenswürdigste Erscheinung unseres Hofes, unsere gute Fee, uns verläßt. (Nicht ohne Rührung.) Denn sie war Aller Liebling.

6. Scene.

Vorige. Martinus.

Dölsach (sich umsehend, zu Martinus).

Es freut mich herzlich, Herr Doctor, Sie hier begrüßen zu können. Ah, die Sonne Italiens hat Sie nicht umsonst vier Wochen beschienen.

Martinus
(verbeugt sich schweigend und küßt der Gräfin die Hand; im hinteren Sale werden Wildenwart und Gernsdorf sichtbar).

Gräfin (aufstehend).

Die Herren wollen einen Augenblick verzeihen. (Sie geht zu Wildenwart und Gernsdorf, bleibt mit ihnen im Hintergrunde im Gespräch und verschwindet dort mit Beiden.)

Unverkäufliches Manuscript.

7. Scene.

Dölsach. Martinus.

Dölsach.

Es ist mir sehr erwünscht, Herr Doctor, Sie einen Augen=
blick allein sprechen zu können.

Martinus.

Ich stehe zu Diensten.

Dölsach.

Man interessirt sich am Hofe für Sie. Und also, ohne
Umschweife, ich habe den höchsten Auftrag von Ihrer Hoheit
der Frau Herzogin, Ihnen nahezulegen, ob Sie gewillt sind,
die Stelle des Leibarztes anzunehmen. Comtesse Dagmar hat
Sie den Herrschaften auf's Wärmste empfohlen.

Martinus (nach kurzer Pause).

Wenn mir Graf Wildenwart die Erlaubniß ertheilt . . .
bin ich bereit.

Dölsach.

Très-bien. Sehr vernünftig. Sie werden dort einen an=
genehmen und ehrenvollen Wirkungskreis finden. Und schließlich
bietet die Residenz denn doch einem lebenslustigen, jungen
Manne andere Zerstreuungen, als dieses düstere, einsame Schloß,
in welchem Sie ja unmöglich Ihr ganzes Leben verbringen
können. Welche Aussichten, welche Hoffnungen bieten Ihnen
sich hier?

Martinus (düster).

Keine.

Dölsach.

Dort können Sie nur gewinnen und hier — gestehen Sie
selbst — haben Sie nichts zu verlieren.

Martinus.

Nichts.

Dölsach.

Unmittelbar mit Annahme der Stelle ist eine Professur an
der Universität verbunden.

Martinus.

Wann darf ich mich den hohen Herrschaften vorstellen?

Dölsach.

Ein wahrer Feuereifer! Das lobe ich. Ich werde noch
heute den Hoheiten telegraphischen Bericht erstatten. Und es ist
selbstverständlich, daß dies Alles in einer den Herrn Grafen

Wildenwart in keiner Weise verletzenden Art geschehen wird.
(Er setzt sich.) Nun erzählen Sie mir noch), verehrter Freund — Sie gestatten mir wohl die Bezeichnung — wo hat es Ihnen denn auf Ihrer italienischen Reise am besten gefallen? In Rom, Neapel . . .?

Martinus.

Mein Weg führte mich nur an die Riviera. Ich habe die Zeit in Nizza verbracht.

Dölsach (lächelnd).

Aha, auch fleißig gespielt?

Martinus.

Nein.

Dölsach.

O, Sie Spartaner! (Nebensächlich.) Dann wissen Sie natürlich auch nicht, ob der Club international noch existirt.

Martinus (hastig).

Der Club international?

Dölsach (behaglich).

Ja, so sagte ich.

Martinus (hastig).

Sind Sie im Club bekannt, Herr Baron?

Dölsach.

Ich habe, als seine Hoheit im vergangenen Winter in Nizza vierwöchentlichen Aufenthalt nahmen, allabendlich dort gespielt und . . . verloren.

Martinus (hastig).

Kennen Sie den Präsidenten des Club?

Dölsach.

Conte Franchetti?

Martinus (schnell).

Ganz recht, Franchetti. Kennen Sie ihn genau?

Dölsach.

Ich rechne es mir zur besonderen Ehre an, zu den Freunden dieses vortrefflichen Mannes zu gehören.

Martinus
(nach kurzer Pause, in welcher er sich nach allen Seiten umgesehen, auf ihn zutretend, schnell).

Herr Baron, Sie können . . . Sie **müssen** helfen.

Dölsach (verbindlich).

Wenn es in meiner Macht steht . . . lassen Sie hören.

Martinus.

Unmittelbar nach der Verlobung der Comteß nahm ich Urlaub und ging nach Nizza. Ich wollte dort nach rastloser

Manuscript not for sale.

Arbeit ... Ruhe und Erholung finden. Wochenlang trieb ich
mich planlos umher, mich ganz den Schönheiten der Natur
überlassend. (Nachdem er sich wieder umgesehen.) Eines Abends trete ich
in ein elegantes Restaurant, wie ich später erfuhr, im Hause
des Club international. Ich starre in eine Zeitung, ohne sie
zu lesen. Neben mir eine ausgelassene Herrengesellschaft ... die
übliche Unterhaltung ... Rennen, Spiel, Weiber. Plötzlich tönt
der Name Melnikoff an mein Ohr. Ich werde aufmerksam ...
horche ... umsonst, ich kann nur abgerissene Sätze auffangen,
jeder von höhnischem Gelächter begleitet. Ich frage den Kellner
nach den Herren: sämmtlich Clubmitglieder des International.
Schnell entschlossen, völlig instinctiv, schicke ich dem Herrn, der
die Hauptkosten der Unterhaltung getragen hat, meine Karte,
mit dem höflichen und dringenden Ersuchen, mir einen Augenblick
zu schenken. Der Herr, Duc d'Auvergny ...

Dölsach.

Illustrer Name!

Martinus.

... fragt in verbindlichster Form nach meinem Begehr. Ich
ersuche ihn, das Ungewöhnliche meiner Annäherung zu ent=
schuldigen und bitte ihn, mir zu sagen, ob er den Herrn Grafen
Melnikoff kenne. Er bejaht. Ob er mir nähere Aufschlüsse
geben könne? Aus den unfreiwillig vernommenen Andeutungen,
aus den Mienen, mit welchen die Herren die Erzählung be=
gleiteten, schließe ich, daß der Graf sich Etwas habe zu Schulden
kommen lassen. Der Herzog verweigert jede Auskunft: es sei
Clubgeheimniß.

Dölsach.

Sehr begreiflich.

Martinus (immer erregter).

Meine eindringlichen Vorstellungen machen ihn stutzig, auf
mein inständiges Bitten führt er mich zum Präsidenten, dem
Grafen Franchetti. Ich fühle sofort, daß ich einem Gentleman
gegenüber stehe, dem ich mich rückhaltslos anvertrauen kann.
Ich mache ihm klar, daß Melnikoff um eine mir innig befreundete
Dame wirbt, daß diese Dame aller Wahrscheinlichkeit nach nur
gezwungen in diese Ehe willigt, daß sie zu Grunde gehen wird ...

Dölsach.

Ah! c'est ça!

Martinus (sehr erregt).

... nur ein Beweis, daß Melnikoff ein Ehrloser, könne
die Dame retten. Seine Antwort: nur einem Mitgliede des

Clubs könne er, und zwar nur unter allgemeiner Billigung des ganzen Clubs, Aufschluß geben. Ich dränge in ihn, ich be= schwöre ihn ... umsonst; ich fühle instinctiv, hier winkt eine Waffe ... vergeblich, sie zu fassen. Da ruft mich der Brief der Comteß in die Heimath zurück. (Fest entschlossen.) Herr Baron, Sie sind Mitglied des Clubs, Freund des Conte Franchetti, Sie können retten!... (Leidenschaftlich.) Schaffen Sie die Beweise, jetzt, noch in dieser Nacht!

Dölsach.

Ah, junger Mann, welche Zumuthung! Ein Edelmann wird einen Anderen doch nicht zu compromittiren versuchen. Ich kenne den Herrn Grafen Melnikoff nicht: aber er ist aus meiner Sphäre und ... noblesse oblige.

Martinus (immer eindringlicher).

Schaffen Sie die Beweise und Comteß Dagmar ist frei!

Dölsach.

Impossible! (Nach kleiner Pause.) Und ... selbst, wenn ich Ihren seltsamen Wünschen willfahren würde, die Zeit würde ja nicht mehr genügen. Die Trauung morgen Nachmittag um drei Uhr und (nach der Uhr schauend) jetzt ist es neun Uhr vorbei.

Martinus (leidenschaftlich).

Achtzehn Stunden, um ein Menschenleben zu retten!

Dölsach (aufstehend).

Junger Mann, ich erkenne Ihre vornehme Gesinnung, die Treue, mit welcher Sie dem Hause Wildenwart ergeben sind, mit Freuden an. Geben Sie mir die Hand! Aber auf Ihren Vorschlag einzugehen, fühle ich mich nicht berufen.

Martinus (dumpf, für sich).

Ich wußte es! Vergeblich! Der Ertrinkende greift auch nach einem Strohhalm. (Pause.) Verzeihen Sie, Herr Baron, daß ich Sie belästigt habe. (Sich verbeugend, links ab.)

8. Scene.

Dölsach (allein, ihm nachsehend).

Vortrefflicher junger Mann, voll Ergebenheit, voll Wärme! (Umhergehend.) Es ist nicht möglich, ihm zu helfen, nicht möglich! Ein junger Brausekopf, der der schönen Comteß zu tief in die Augen geschaut hat. C'est tout! (Stillstehend.) Und dennoch ... daß sie nur mit Widerwillen dem Grafen die Hand reicht ... kein Zweifel und kein Wunder. Dieser Melnikoff stand schon im vorigen Jahre auf der schwarzen Liste des Clubs. Ein **Unverkäufliches Manuscript.**

waghalsiger Spieler und, da er Nichts besitzt ... ein Aventurier!
Doch das ist nur Leichtsinn ... — keine Infamie! (Nach-
denkend.) Soll ich an Franchetti telegraphiren, ihm die ganze
Sachlage ausführlich schildern und ihn bitten, mir umgehend zu
antworten: es sei die höchste Gefahr im Verzuge? Wird er
es thun? Ah, ich glaube, wenn ich ihm klar mache, daß es
sich um das Glück einer edlen Dame handelt, wird er die
strengen Statuten des Clubs ein wenig zu lockern wissen. Und
mir, als Mitglied, darf er die Auskunft eigentlich nicht ver=
weigern. Soll ich's versuchen, ohne Wildenwart davon zu
unterrichten? (Pause; er sieht nach der Uhr.) Neun Uhr ... wie sagte
er doch? Achtzehn Stunden, um ein Menschenleben zu retten!
(Sich aufrichtend.) In meinem Wappen heißt es: „Das Gute ver=
theidigen — das Böse bekämpfen". Es gilt eine gute That!
En avant, Dölsach, en avant! (Indem er gehen will links)

9. Scene.

Dölsach. Gräfin. Martinus (durch die Mitte).

Dölsach.

Die gnädige Gräfin wollen mir eine Anfrage gestatten.
Ich habe im höchsten Auftrage der Comteß einen Brautschmuck
zu überreichen. Da es der Wunsch der Frau Herzogin ist, daß
Gräfin Dagmar den Schmuck zur Trauung anlegt, möchte ich
ihn bereits heute übergeben.

Gräfin

Dagmar wird gleich hier sein.

Martinus (will sich entfernen).

Gräfin.

Bleiben Sie, Martinus!

Dölsach.

Ich werde gleich zurückkehren. (Links ab.)

10. Scene.

Gräfin. Martinus.

Gräfin (nach kurzer Pause.)

Haben Sie Dagmar schon gesprochen?

Martinus.

Nein.

Gräfin (ihm die Hand reichend).

Theurer Freund, welch' eine Zeit habe ich durchleben müssen! All' jene düsteren Jahre, welche ich an der Seite meines Bruders hier einsam verbrachte, waren nicht so marternd, wie diese letzten Wochen. Tage voll banger Zweifel, voll dunkler Räthsel!... — Am Tage nach ihrer Verlobung fuhr Dagmar nach Riedheim. Wie ein verwundetes Reh flüchtete sie in die Einsamkeit. All' meinen Bitten, sie zu sehen, all' meinen Versuchen, ihr Trost zuzusprechen, setzte sie ein trotziges „Nein" entgegen. Mein Bruder stand mir nicht Rede. Sein herber Trotz ist seit jenem Tage milder Schwermuth gewichen. Selbst die plötzliche Abreise der Gräfin Türk schien ihn nicht zu schmerzen. All' seine Gedanken, sein Sinnen und Empfinden gilt allein Dagmar! Der Einzige, der es vermocht hätte, Licht in dieses Dunkel zu bringen, war Pastor Böhme. Ihn hatte sie einmal in Riedheim empfangen. Aber auch er bewahrte tiefes Schweigen. (Leidenschaftlich.) Nur ich, die sie gehegt und gepflegt, wie ihr eigenes Kind, muß es ohnmächtig geschehen lassen, wie dieses blühende Leben zu Grunde gerichtet wird, elend, verzweifelnd. Warum mußte ich das noch erleben! (Pause.) Sie hat sie hierher bitten lassen?

Martinus.

Ja. (Für sich, bitter) Sie hat mir auch das Letzte nicht ersparen wollen.

11. Scene.

Vorige. Dagmar (tritt durch Mitte ein). (Gleich darauf) **Dölsach** (von links).

Dagmar
(bleibt einen Augenblick an der Thür stehen und betrachtet Beide. Tiefe Pause).

Gräfin (ihr entgegen, beklommen).

Dagmar ... mein Kind! (Pause.)

Dölsach (sich vor Dagmar verbeugend).

Gnädigste Comteß! Ihre Hoheiten haben mich beauftragt, Ihnen die herzlichsten Glückwünsche zu überbringen und bitten Sie, gnädigste Comteß, dieses Andenken als Zeichen inniger Freundschaft anzunehmen. (Er überreicht ihr das Etui.)

Dagmar (den Schmuck betrachtend).

Perlen!

Gräfin
(ist hinzugetreten, nimmt den Schmuck, betrachtet ihn und spricht dann mit Dölsach).

Manuscript not for sale.

Dagmar

(welche beobachtet, daß sich Martinus entfernen will, tritt dicht an ihn heran, leise).

Ich muß mit Ihnen sprechen. Erwarten Sie mich heute Nacht um elf Uhr hier. Es wird dann Alles zur Ruhe sein.

Martinus (der sie angestarrt, verbeugt sich, links ab).

Dölsach.

Ich ziehe mich gleichfalls zurück, meine Damen. Excusez!

(Abgehend.) Und jetzt an's Werk! (Links ab.)

12. Scene.

Gräfin. Dagmar.

(Kurze Pause.)

Gräfin.

Wir haben uns lange nicht gesehen.

Dagmar (während der ganzen Scene sehr ruhig).

... und haben einander Viel zu sagen.

Gräfin.

Dagmar, was habe ich mit Dir gelitten! Wie habe ich Tag und Nacht gegrübelt, Dir zu helfen! Wie oft wollte ich Dir zurufen: „Weine Dich aus, erleichtre Dein gequältes Herz!" ... Du wiesest mich zurück. Noch ist es nicht zu spät, noch kann ich Dir helfen.

Dagmar.

Mir kann Niemand helfen.

Gräfin.

Als Du mir endlich sagen ließest, daß Du mich zu sprechen wünschest, da durchzuckte mich die frohe Hoffnung, Du habest über alle Zweifel hinweg doch wieder den Weg zu mir gefunden. Dagmar, sprich, was soll ich thun, um mir Dein Vertrauen, Deine Liebe wieder zu gewinnen?

Dagmar (sie lange anschauend).

Meinem Vater die Hand zur Versöhnung reichen.

Gräfin.

Niemals.

Dagmar.

Ich bitte Dich.

Gräfin.

Niemals ... niemals!

Dagmar.

Ich verlange es von Dir. Es ist die letzte Bitte, die ich an Dich richte.

Gräfin (sie anstarrend).

Ich verstehe ... Dich ... nicht.

Dagmar (in Gedanken).

Die letzte Bitte. (Pause.) Höre mich ruhig an: ich habe mich zu dem Muthe durchgerungen, Dir Alles zu sagen.

Gräfin.

Bedurfteſt Du wirklich des Muthes, um mir gegenüber Dein Herz zu erleichtern! Mir, die ich an Stelle des Theuerſten, was Du beſaßeſt, hier ſtehe, an Stelle Deiner Mutter?

Dagmar (ſchaudernd).

Meiner Mutter! —

Gräfin (vor ſie hintretend).

Dagmar, reichſt Du dem Grafen freiwillig Deine Hand? — Liebſt Du ihn?

Dagmar (wendet ſich ſchaudernd ab).

Gräfin.

Und dieſes Opfer, einem ungeliebten Manne zu folgen, willſt Du dennoch Deinem Vater bringen?

Dagmar.

Nein.

Gräfin.

Wem ſonſt, wenn nicht ihm?

Dagmar (ſchweigt).

Gräfin.

Wem ſonſt?

Dagmar (nach kurzer Pauſe).

Meiner Mutter!

(Wildenwart iſt rechts eingetreten.)

13. Scene.

Vorige. Wildenwart.

Dagmar (leiſe).

Ich büße … die Schuld … die ſie beging.

Gräfin (ſtreng).

Dagmar!

Dagmar (leiſe).

Ich gebe mein Glück dahin für die Ruhe meines Vaters, für … die Ehre unſeres Namens.

Gräfin.

Du weißt nicht, was Du ſprichſt. Jetzt ohne Rückhalt … jetzt will und muß ich volle Wahrheit haben.

Wildenwart (von Beiden bisher unbeobachtet, tritt vor).

Ich will ſie Dir geben!

Unverkäufliches Manuſcript.

Dagmar (an seine Brust stürzend).

Mein Vater! (Stummes Spiel. Pause; zur Gräfin gewandt.) Wir haben schwer an ihm gefehlt. Du, wie ich. Du hast den Groll, den ich gegen ihn hegte, genährt, Du hast gesündigt an ihm aus Liebe zu mir. Diese Liebe, welche Dich irre führte, soll Dich auch wieder auf den rechten Weg geleiten. Reiche ihm die Hand und versprich mir, ihm Alles zu vergelten ... ihn niemals zu verlassen. (Sie will die Gräfin zu Wildenwart führen.)

Gräfin (sich aufrichtend).

Nein!

Dagmar.

So wende ich mich von Dir ab.

Gräfin (schmerzlich).

Dagmar!

Dagmar.

Opfer um Opfer! Für die Glückseligkeit, seine Liebe errungen zu haben, muß ich die Deinige hingeben.

Gräfin (bewegt).

Dagmar, mein holdes Kind!

Dagmar.

Reiche ihm die Hand!

Gräfin.

Ich kann Dich nicht verlieren ... ich kann nicht leben ohne Dich!

Dagmar.

Wähle!

Gräfin (überwältigt).

Hier meine Hand!

Wildenwart (ihre Hand ergreifend).

Für's ganze Leben? Cornelie!

Gräfin (ihm fest in die Augen schauend).

Für's ganze Leben!

Dagmar (für sich).

Und nun das Letzte, Martinus! Dann habe ich meine Pflicht gethan! (Schaudernd.) Das Letzte!

14. Scene.

Vorige. Lange (von rechts).

Lange.

Herr Doctor Gernsdorf läßt fragen, ob der Herr Graf jetzt bereit wären ...

Wildenwart.

Ich laſſe bitten.

(Lange rechts ab.)

Gräfin

(geht links ab. ſich noch einmal nach Beiden umſehend).

Dagmar (will ihr folgen).

15. Scene.

Wildenwart. Dagmar.

Wildenwart.

Dagmar, bleib'! — Mein tapfres, ſtarkes Kind, halte aus. Das Opfer, das Du bringſt, das Bewußtſein dieſer That muß Dich hinwegheben über alles Niedrige und Gemeine, was Du am Wege finden wirſt.

Dagmar.

Ich beuge mich vor Dir. Nur eine Frage noch. Wenn Melnikoff Dir jene unſeligen Beweiſe ausgeliefert hat und ich ihm die Hand gereicht habe . . . iſt dann Dein Name wieder rein für alle Zeiten, kannſt Du dann wieder erhobenen Hauptes . . .

Wildenwart.

Ja.

Dagmar.

Kein Schatten kann wieder je auf Deine Ehre fallen?

Wildenwart.

Nein.

Dagmar (den Kopf zurückwerfend).

Ich bin bereit.

16. Scene.

Vorige. **Doctor Gernsdorf** (von) **Lange** (hereingeführt, rechts).

Gernsdorf (küßt Dagmar die Hand).

Wildenwart.

Ich laſſe den Herrn Grafen Melnikoff hierherbitten.

(Lange rechts ab.)

Dagmar

(tritt an das Fenſter und bleibt, den Vorhang zurückſchlagend, dort angelehnt ſtehen).

Gernsdorf.

Geſtatten Sie mir, verehrter Freund, Ihnen meinen Dank zu wiederholen für das Vertrauen, welches Sie mir, wie nun ſchon ſeit langen Jahren, auch heute wieder bekundet. Ueber die Bedingungen alſo haben Sie ſich, werther Freund, mit dem

Manuscript not for sale.

Herrn Grafen geeinigt. (Zn einer Actenmappe blätternd.) Graf Melnikoff
muß . . .

Lange (von rechts).

Herr Graf Melkinoff! (Rechts ab).
(Melnikoff von rechts, Verbeugung. Dagmar beachtet ihn nicht.)

17. Scene.

Dagmar. Wildenwart. Gernsdorf. Melnikoff.

Gernsdorf.

Darf ich die Herrschaften bitten, Platz zu nehmen. (Gernsdorf
setzt sich vor den großen Tisch, Melnikoff in einen Lehnsessel neben ihm, Wildenwart bleibt
an dem Fauteuiltische stehen, Dagmar am Fenster*); Gernsdorf, sich zu Melnikoff wendend).
Herr Graf, eine langjährige, in Freud' und Leid erprobte
Freundschaft verbindet mich zu seiner Erlaucht dem Herrn
Grafen Egon von Wildenwart. Der Herr Graf haben mich,
als seinen juristischen Beistand der Ehre gewürdigt, notariell
die Bedingungen festzustellen, welche er mit Ihnen vereinbart
hat, und ich werde mir die Freiheit nehmen, wenn Sie es ge=
statten, (Melnikoff verbeugt sich) Ihnen den Contract in seinen wesent-
lichen Punkten vorzulesen Auch Sie, gnädige Comteß, willigen
in die Vorlesung? (Dagmar bejaht schweigend; er liest.) „Graf Paul Sergius
von Melnikoff verpflichtet sich, als Gatte von Comteß Dagmar
Sophie von Wildenwart, seinen Aufenthalt auf Schloß Wilden=
wart zu nehmen."

Wildenwart (für sich).

Es ist das Einzige, was ich zu Dagmars Schutze thun
konnte.

Gernsdorf (zu Melnikoff).

Der Herr Graf sind einverstanden?

Melnikoff (sich verbeugend).

Ich bitte, fortzufahren.

Gernsdorf (liest).

„Im Falle Graf Melnikoff sein Domicil zu verändern
wünscht, so ist ihm das jederzeit gestattet; jedoch darf Graf

---

*)   <center>Stellung.</center>

Dagmar.   Melnikoff.
*   *
      Wildenwart.
      *
                  ⌢

Melnikoff niemals seine Gemahlin ohne deren ausdrückliche Ein=
willigung zwingen, ihm zu folgen.

Melnikoff (will erregt aufspringen; zu Wildenwart). **164.**

Herr Graf!

Wildenwart (kalt).

Sie wünschen? (Pause).

Gernsdorf.

Ich rechne auf die Genehmigung. (Pause; er liest). „Graf Mel=
nikoff bezieht eine jährliche Rente, deren Höhe vom Grafen
Wildenwart bestimmt wird und begiebt sich jeden Anrechtes auf
das Vermögen Seiner Erlaucht während deren Lebzeiten, sowie
nach deren Tode. Universalerbin des Wildenwart'schen Gesammt=
vermögens ist Comteß Dagmar Sophie von Wildenwart. Im
Falle Comteß Dagmar" — diesen Punkt haben die gnädige
Comteß selbst besonders gewünscht — „vor dem Grafen Mel=
kinoff stirbt, (Dagmar nickt schweigend) so muß der Herr Graf das
Schloß verlassen und darf niemals hierher zurückkehren". Es
folgen nun einige unwesentliche Punkte, deren Detaillirung mir
die Contrahenten gütigst erlassen wollen. Das wäre der Ehe=
contract. (Er nimmt einen andern Bogen aus der Mappe.) Wir kommen nun
zum Hauptpunkt. (Er räuspert sich.) Herr Graf, Sie sind Eigen=
thümer von 24 Briefen, sowie eines sehr umfangreichen Tage=
buches, deren Besitz Seine Erlaucht für sich voll und ganz in An=
spruch nehmen, (nach kurzer Pause) unrechtmäßiger Eigenthümer! Der
Herr Graf, sowie seine Tochter machen die Verehelichung von
der gesammten Auslieferung dieser werthvollen Dokumente ab=
hängig. Erklären Sie sich zu deren Herausgabe bereit?

Melnikoff.

Ja!

Gernsdorf.

Sie sind verpflichtet, Herr Graf, diese Dokumente morgen,
unmittelbar vor der Trauung, in meiner Gegenwart, Seiner
Erlaucht zurückzugeben. Es ist selbstverständlich, daß ich von
den Schriftstücken während dieses Actes nicht Einsicht zu nehmen
brauche, wie mir deren Inhalt auch bisher unbekannt geblieben
ist. Jeder Anspruch Ihrerseits erlischt damit vollständig und für
immer. Als Gatte von Comteß Dagmar verpflichten Sie sich,
niemals aus der Kenntniß dieser Dokumente irgend welchen pecu=
niären oder sonstigen Vortheil zu ziehen, welcher dem Grafen
Wildenwart oder dessen Familie Schaden zufügen könnte. An=

Unverkäufliches Manuscript.

Dagmar. 6

dernfalls ist die Comteß, als Ihre Gemahlin, berechtigt Sie
sofort zu verlassen. Ich rechne auf die Genehmigung.

Melnikoff.

Ich ertheile sie.

Gernsdorf.

Haben Seine Erlaucht noch etwas hinzuzufügen?

Wildenwart

Nein.

Gernsdorf.

Die gnädige Comteß?

Dagmar.

Nein.

Gernsdorf.

Herr Graf Melnikoff, darf ich Sie um Ihre Unterschrift
unter den die Dokumente betreffenden Vertrag bitten? (Melnikeff
unterschreibt; ihm den Checcontract vorlegend) Und auch hier. (Melkinoff unterschreibt;
Wildenwart tritt an den Tisch.) Bitte, Erlaucht! (Wildenwart unterzeichnet. Bitte,
Comteß!

Dagmar
(geht vom Fenster langsam zum Tisch, mit gesenktem Kopf, sie nimmt die Feder in die Hand
Wildenwart steht dicht neben ihr, sie sieht ihren Vater lange an, dann unterschreibt sie, während
sie unterschreibt, droht sie zu sinken. Wildenwart stützt sie. Tiefe Pause).

Gernsdorf
(verbeugt sich, nimmt seine Mappe und geht, von Wildenwart begleitet, nach der Mittelthür).

Melnikoff (folgt langsam).

Wildenwart und **Gernsdorf** (Mitte ab).

Melkinoff (kehrt, an der Thür stehend, noch einmal zurück).

Dagmar (steht an den Tisch gelehnt).

18. Scene.

Dagmar. Melnikoff.

Melnikoff
(nähert sich ihr und tritt dicht an sie heran).

Dagmar (stößt ihn jäh zurück).

Rühren Sie mich nicht an!

Melnikoff.

Comteß! Ich fühle das Demüthigende meiner Lage. Nur
die Liebe zu Ihnen, nur die heiße Sehnsucht nach Ihrem Besitz
trieb mich zu all' diesen Schritten. Aber ich hoffe, daß Sie
noch anders von mir denken werden.

Dagmar.

Geben Sie diese Hoffnung auf. Ich verachte Sie!

Melnikoff.

Der Schein ist gegen mich. Die Verzweiflung, der Gram über mein unwiederbringlich verlorenes Glück haben mich so tief erniedrigt. Mein Name konnte sich einst stolz mit dem Ihrigen an Glanz und Reinheit messen. Ein Weib betrog mich um mein Leben. Diese Frau war ... doch, wozu der Name. Ja, ein Weib betrog mich um mein Glück. In rasender Verzweiflung stürzte ich mich damals in das Leben, und, zu schwach, um die Gefahren zu bestehen, ... ging ich in diesen unter. (Er tritt dicht vor sie.) Sie können mich aus dieser Niedrigkeit, aus der ich mit aller Macht empor will, erheben, Sie einzig und allein, von Ihnen erwarte ich Rettung und Befreiung.

Dagmar (zurücktretend).

Lassen Sie mich!

Melnikoff.

Als ich Sie zum ersten Male sah, fühlte ich, daß mir nur durch Ihren Besitz Rettung werden kann. Läutern Sie mich, erheben Sie mich zu sich, ich müßte sonst elend zu Grunde gehen.

Dagmar (verächtlich).

Gleichviel!

Melnikoff.

Jene war der böse Dämon meines Lebens, werden Sie ...

Dagmar.

Kein Wort weiter.... (Pause).

Melnikoff (kalt).

Sie sind sehr kühn, Comteß! Sie vergessen, daß ich mit dem morgigen Tage als Ihr rechtmäßiger Gemahl Rechte an Sie habe, daß ich fordern kann ....

Dagmar (stolz).

Was?

Melnikoff.

Gehorsam! Heute bitte, flehe ich noch zu Ihnen, von morgen kann ich Ihnen befehlen!

Dagmar.

Niemals! Entfernen Sie sich, Graf Melnikoff ...

Melnikoff.

An Ihnen allein wird es liegen, mich elend zu machen ... und sich selbst!

Dagmar (leidenschaftlich).

Lieber den Tod, als mit Ihnen leben!

Manuscript not for sale.

6*

Melnikoff.

So hassen Sie mich? (Pause, prüfend.) Und, wenn ich nun alle jene Dokumente morgen Ihrem Vater zurückstellte und freiwillig auf Ihren Besitz verzichtete!

Dagmar (verächtlich).

Einer solchen That sind Sie nicht fähig.

Melnikoff (sie scharf ansehend).

Wenn ich Ihnen jetzt sagte ... Dagmar, Sie sind frei!

Dagmar
(sich mit beiden Händen an die Stirn fassend; wie erwachend).

Frei? .... (Jubelnd.) Frei?! ...

Melnikoff.

Ah, Comteß, Sie haben sich verrathen! Aus diesem Jubel klang nicht allein der Haß gegen mich, sondern Sehnsucht und Liebe zu einem Anderen! Ja, so jubelt nur die Hoffnung! Läugnen Sie es nicht!

Dagmar (steigernd).

Ja, ja, und tausend Mal ja! Ich will den Käufer nicht betrügen. Ich liebe einen Anderen! Ihm gehören alle meine Gedanken, mein Herz, ein jeder Athemzug, ein jeder Herzschlag! Man hat mich gezwungen in diese verhaßte Ehe, mit Ketten, mit eisernen Fesseln. Hüten Sie sich, daß ich diese Fesseln nicht sprenge. Sie werden keinen Antheil an mir haben, nicht an meinen Empfindungen, nicht an meinen Gedanken. Eine Fremde will und werde ich Ihnen bleiben, ... so lange ich lebe. Ihren Zärtlichkeiten werde ich grimmen Trotz, Ihrer glühenden Liebe glühenden Haß entgegensetzen, denn ich verachte Sie! Rüsten Sie sich zu diesem Kampf, in dem ich siegen oder sterben werde!

Melnikoff (kalt).

Und wenn ich nun gewillt wäre, über alle Hindernisse hinweg diesen Trotz zu brechen?

Dagmar.

Wagen Sie es nicht!

Melnikoff (kalt).

Wenn mir dieses Wagniß doch nicht zu kühn erschiene, wenn ich den Preis, der mir winkt, für verlockend genug hielte, den Kampf aufzunehmen? Wenn ich es wagen wollte, diese Liebe aus Ihrem Herzen zu reißen, um ganz allein davon Besitz zu ergreifen? (Sicher.) Sie lieben Doctor Martinus!

Dagmar (sich emporrichtend).

Ja!

Melnikoff (kalt).

Rathen Sie dem Freunde Ihrer Jugend, meinen Weg nicht zu kreuzen. Er hat mit dem morgigen Tage (höhnisch) die Freundesrolle ausgespielt. Von morgen tritt zwischen Ihren Geliebten und Sie Ihr Gatte! Hüten Sie sich...

Dagmar.

Sie wagen es, mir zu drohen, Sie Elender?

Melnikoff (auffahrend).

Comteß!

Dagmar (mit starker, edler Steigerung).

Niemals wird es Ihnen gelingen, diese Liebe aus meinem Herzen zu reißen, niemals! Sie haben mit roher Hand dieses Band zerstören wollen; es ist Ihnen nicht geglückt... es wird Ihnen niemals glücken! Denn alle Gefahren, welche durch Sie, Unseligen, meiner Liebe drohten, haben sie nur gestärkt! Ja, ich liebe Martinus, heiß und glühend und für alle Zeit! Und die Qualen, die Sie erdulden in dem Bewußtsein, daß ich Sie hassen und ihn lieben werde bis zu meinem letzten Athemzuge, soll Ihre Strafe sein. Ist es Ihnen nicht genug, daß ich mich soweit erniedrige, Ihnen meine Hand zu reichen? Ich thue es, weil ich muß... Brüsten Sie sich vor den Menschen mit meinem Besitz, prahlen Sie, daß es Ihnen gelungen sei, dieses stolze Herz zu gewinnen... wir bleiben einander fremd! Und hören Sie, Graf Melnikoff, ehe Sie mich zwingen, Ihr Weib zu werden mit Leib und Seele, eher mache ich meinem elenden Leben ein Ende!... Gehen Sie! (Melnikoff zaudert; mit gebieterischer Handbewegung.) Gehen Sie, ich befehle es Ihnen! (Pause.)

Melnikoff (kalt).

Wir wollen sehen, wer in diesem Kampfe der Stärkere ist! (Er geht zur linken Thür, dort wendet er sich noch einmal nach ihr um und ab.)

19. Scene.

Dagmar.

Nein, diese Qual ertrage ich nicht! (Sie reißt das Fenster auf.) Luft, Luft! ich ersticke! (Sie lehnt sich an das Fenster.) Ja, guter Freund, ich hatte Recht: „was nützt das Leben, so gelebt!"... Es ist ein süßer, beruhigender Gedanke, ein unendlich seliges Gefühl in diesen Wirrsalen, all' die Noth enden zu können! Noch 24 Stunden... dann ist Alles vorbei... dann habe ich Ruhe und Frieden!

Unverkäufliches Manuscript.

20. Scene.

Dagmar. Lange (von rechts).

Lange.

Wollen sich die gnädigste Comteß nicht zur Ruhe begeben?

Dagmar (bedeutungsvoll).

Bald.

Lange.

Es ist gleich elf Uhr.

Dagmar.

Löschen Sie die Lichter und lassen Sie mich hier noch ein wenig träumen.

Lange.

Es ist schon Alles zur Ruhe im Schloß. (Er schließt das Fenster öscht die Lichter; nur eine Girandole auf dem Kamin bleibt brennen.)

Dagmar.

Es ist gut, Herr Lange.

Lange
(wendet sich zum Gehen, plötzlich wendet er sich um, eilt auf sie zu und küßt ihr die Hand).

O theuerste, gnädigste Comteß!

Dagmar.

Was wünschen Sie, lieber Lange?

Lange.

Ich sehe Sie leiden und vermag Ihnen nicht zu helfen. Befehlen Sie, mir ist kein Dienst zu schwer für Sie.

Dagmar.

Ich danke Ihnen, lieber Lange .... ich danke Ihnen von Herzen. Gehen Sie! (Lange rechts ab.)

21. Scene.

Dagmar. (Gleich darauf) Martinus.

(Die Scene ist nur durch die Girandole auf dem Kamin beleuchtet.)

Dagmar.

Jetzt naht das Schwerste, der Abschied von ihm! (Es schlägt auf der Kaminuhr elf Uhr.) Elf Uhr.

Martinus
(tritt durch die Mitte ein; tiefe Pause, er geht langsam einige Schritte vor).

Sie wünschten mich zu sprechen, Dagmar, ... hier bin ich.

Dagmar (hält sich am Stuhle fest).

Martinus (etwas weiter nach vorn).

Dagmar, was wünschen Sie von mir?

Dagmar.

Ich will Abschied von Ihnen nehmen, Martinus, Abschied für immer! (Tiefe Pause.)

Martinus.

Leben Sie wohl, Dagmar und ... finden Sie das Glück, welches ich Ihnen von ganzer Seele gönne.

Dagmar (reicht ihm die Hand).

Martinus, mein theurer Freund!

Martinus.

Bin ich das wirklich noch?

Dagmar.

Konnten Sie daran zweifeln? Lassen Sie uns ruhig mit einander sprechen.

Martinus (dumpf).

Erlassen Sie mir die Erörterung all' des Geschehenen: es würde mir zu wehe thun.

Dagmar.

Martinus, ich habe Viel gelitten in diesen letzten Wochen, und wenn ich nicht verzweifelte, so hat mich nur das Bewußtsein meiner Schuldlosigkeit aufrecht erhalten. Martinus, Sie halten mich keiner Unwürdigkeit fähig!

Martinus.

Nein.

Dagmar.

Ich wußte es. Sie sollen es erfahren, was mich zwingt so zu handeln. Deswegen rief ich Sie aus Italien zurück, deswegen bat ich Sie hierher. (Da Martinus abwehren will) Ich habe die Pflicht, es Ihnen zu sagen und Sie haben ein Recht dazu, Rechenschaft von mir zu verlangen. Ja, Sie haben das Recht. Ich werde morgen dem Grafen Melnikoff meine Hand reichen. Ich folge nicht meinem Herzen, nur der Noth. Vor der Welt, vor den Menschen werde ich als sein Weib gelten ... vor Gott und meinem Gewissen bin ich das Ihrige!

Martinus (aufschreiend, voll Jubel).

Dagmar!

Dagmar.

Ja, Martinus, konnten Sie an mir zweifeln? Konnten Sie glauben, daß dieses Herz, das sich nur einmal verschenkt, schwankend werden könnte? (Sie tritt an den großen Tisch und legt die Hand darauf.) An dieser Stelle werde ich morgen meine Hand in die= jenige jenes Menschen legen. Aber heute, in dieser Stunde, traue ich mich selbst! Ich traue mich als Dein Weib, Alfred;

Manuscript not for sale.

ein jeder Athemzug, ein jeder Herzschlag gehört Dir, nur Dir allein!

Martinus (vor ihr niederstürzend).

Mein Lieb', mein süßes, theures Lieb'! (Pause.)

Dagmar (ihn erhebend).

Steh' auf, Geliebter, wir müssen scheiden.

Martinus.

Gibt es keine Rettung?

Dagmar.

Keine.

Martinus.

Kann ich Dich befreien, willig, ohne Zaudern werfe ich mein Leben dahin noch in dieser Stunde!

Dagmar.

Das weiß ich. Lebe und werde glücklich!

Martinus (verzweifelnd).

Wenn ich Dich elend weiß! Dagmar, was hast Du gesündigt, um so zu Grunde gehen zu müssen?

Dagmar.

Nichts.

Martinus.

Und ohne Schuld diese Sühne?

Dagmar.

Ich büße die Schuld . . . meiner . . . Mutter!

Martinus (schaudernd).

Ah!

Dagmar.

Ich habe mich in meiner Einsamkeit oft gefragt, ob das Opfer, das man von mir verlangt, nicht zu schwer sei. Ich habe oft geschwankt . . . aus Liebe zu Dir! Aber nun habe ich mich durchgerungen . . . es giebt keine Wahl für mich.

Martinus (wehmüthig).

Da winkte mir noch heute ein schwacher Hoffnungsschimmer, Dich ihm zu entreißen . . . es war umsonst. (Leidenschaftlich.) Aber, wer kann Dich zwingen, wer?

Dagmar.

Melnikoff.

Martinus (immer leidenschaftlicher).

Ich schieße ihn nieder, wenn ich Dich errette!

Dagmar.

Er besitzt zwingende, furchtbare Beweise.

Martinus (immer steigernd).

Ich stehle sie ihm.

Dagmar.

Du würdest Dich verderben und mich nicht retten.

Martinus.

Jetzt, da ich weiß, daß Du unschuldig leidest, daß Du mir treu geblieben, daß Du mich liebst: ich schrecke nicht vor dem Tollkühnsten zurück.

Dagmar.

Halt ein! (Pause; sie lehnt sich an ihn und schaut ihm innig in die Augen.) Diese süße Stunde seligen Vergessens erkaufe ich theuer genug, mit meinem Leben! Wir werden uns nie mehr wiedersehen, nie mehr!

Martinus (glühend, rapides Tempo).

Laß uns fliehen, noch in dieser Nacht!

Dagmar.

Nein.

Martinus.

Der Gedanke, Dich in seinen Armen zu wissen, macht mich rasend.

Dagmar.

Weder mit Leib noch Seele werde ich ihm angehören.

Martinus (ergreift sie stürmisch).

Komm', ... folge mir, ich will meine Hände unter Deine Füße legen, daß Du nicht strauchelst, ich will Dein Leben er= hellen und erwärmen mit heißer, inniger Liebe, ich will Dich schirmen und schützen vor jeder Gefahr. Sei mein, Dagmar, sei mein!

Dagmar (fassungslos, verwirrt).

Laß ab von mir!

Martinus (immer glühender).

Folge mir, in die dunkle Nacht ... Niemand wehrt uns!

Dagmar.

Damit der Bube morgen die Schande unseres Hauses über alle Gassen ruft?

Martinus (sie umschlingend und mit sich ziehend).

Dagmar, nur diese Nacht ... folge mir!

Dagmar
(einige Schritte willenlos mit ihm, dann reißt sie sich plötzlich los).

Wollen wir für eine flüchtige Stunde holden Glückes die Schuld auf uns laden?

Unverkäufliches Manuscript.

Martinus.

So liebst Du mich nicht!

Dagmar (aufkreischend).

Alfred!! (Lange Pause. Sich an Martinus schmiegend, voll heißer Sehnsucht.) Geliebter! (Sie nimmt seinen Kopf in beide Hände und küßt ihn auf Stirn und Mund.) So küsse ich Dich zum ersten und zum letzten Male! So küsse ich Dich als Dein Weib! Leb' wohl, Geliebter, auf ewig lebe wohl!

Martinus (in furchtbarem Schmerze).

Dagmar, leb' wohl ... auf ewig? (Sie halten sich umschlungen.)

(Der Vorhang fällt.)

Vierter Aufzug.

(Dekoration des dritten Aufzuges.)

(Helle Beleuchtung. Auf Kamin und Tisch brennen Girandolen, wo-möglich in den Blumenbosquets in rechter und linker Ecke ebenfalls. Vorhang vor dem Fenster. Der große Tisch ist mit Blattpflanzen umstanden. Sehr festlicher, feierlicher Eindruck. Im Kamin helles Feuer.)

1. Scene.

Wildenwart (im Frack mit Ordensstern). **Lange** (mit Escarpins).

Wildenwart.

Sie sind also vollständig orientirt, Herr Lange?

Lange.

Zu Befehl. Nur erwarte ich die Ordre Eurer Erlaucht bezüglich der Deputationen aus dem Dorfe.

Wildenwart.

Vertheilen Sie Geld unter die Leute und fügen Sie hinzu: das Paar nähme ihre Glückwünsche für empfangen an.

Lange.

Es wird den Leuten wehe thun, der Comteß nicht persönlich gratuliren zu können.

Wildenwart.

Genug! Melden Sie mich der Gräfin Türk. Doch noch Eins. Ich konnte heut Nacht keinen Schlaf finden und hörte — es war gegen drei Uhr — eine lebhafte Unruhe im Schloß ... ein Kommen und Gehen?

Lange.

Der Herr Hofmarschall von Dölsach erhielt eine dringende Depesche um diese Zeit. Der Herr Baron schien dieselbe zu er-warten, denn er war noch nicht zur Ruhe gegangen. Er ant-wortete sofort. Der Bote mußte wohl über eine Stunde warten, bis der Herr Baron mit Abfassen der Antwort fertig war.

Manuscript not for sale.

Wildenwart.

Wahrscheinlich eine Staatsdepesche.

Lange.

Soviel ich von Franz erfuhr, welcher Dienst beim Herrn Baron hat, kam das Telegramm aus Nizza.

Wildenwart.

Es ist gut. Die Tafel in Ordnung?

Lange.

Wenn sich Erlaucht vielleicht selbst überzeugen wollen. Nur ist es leider nicht möglich gewesen, den Platz der Comteß mit der üblichen Zahl von Myrthen=Zweigen zu schmücken. Die Treibhäuser . . .

Wildenwart.

Lassen Sie sehen. (Er geht von Lange begleitet durch die Mitte ab.)

3. Scene.

Dölsach (im Kammerherrnfrack mit Ordensband von links).

Ich muß gestehen, ich habe mich seit langen Jahren nicht in solcher Erregung befunden. Franchettis Depesche ist, ganz nach Erwarten, freundlich, aber wenig aussichtsvoll. (Er setzt sich, nimmt eine Depesche aus der Tasche, setzt sich die Lorgnette auf und sieht hinein) Ein grau= sames Deutsch, ein wahres Sprachenragout. (Er liest.) „Von ganzer Herzen will ich Sie dienen, theurer Freund. Die Schicksal von die Donna, Ihrer Protégée, interessirt mir sehr viel. Aber, es wird sein impossible für mich zu annulliren die Statuten von das Club. Ich werde für morgen früh neun Uhr rufen eine séance von alle messieurs, ich werde referiren an das Club und Sie antworten prestissimo. De tout mon cœur Fran= chetti." (Luft holend.) Hui, einen dreibändigen Roman in dem Jargon zu lesen, muß nicht gerade zu den Annehmlichkeiten des Lebens gehören. Nun, glücklicher Weise war er nicht verreist und sein Bescheid noch nicht definitiv ablehnend. Aber, an dem Veto eines einzigen Clubmitgliedes kann Alles scheitern. (Nach der Uhr sehend.) Wir haben nur noch zwei Stunden bis zur Trauung. Und wenn der Aberglaube berechtigt ist, gelingt es nicht. Die erste Person, die mir heute guten Morgen wünschte, war Fräu= lein Leo! (ärgerlich.) Warum muß mir diese Antiquität auch grade heut begegnen! Schade, schade.

4. Scene.

Dölsach. Martinus (von rechts im Reiseanzug).

Dölsach.

Ah, sieh' da, mein Verehrtester! aber, mon Dieu, welch'
ein Costüm! In unserer Residenz wenigstens hat sich die Mode,
zu einer Hochzeit im Promenadeanzug zu erscheinen, noch nicht
eingebürgert.

Martinus.

Ich werde der Hochzeit nicht beiwohnen. Ich habe mich
von der Comteß bereits verabschiedet und will jetzt Ihnen, Herr
Baron, Lebewohl sagen.

Dölsach.

Wohin geht die Reise?

Martinus (bitter)

In die weite Welt. Falls Sie, Herr Baron, mir Nachrichten
vom Hofe mitzutheilen haben, so erreichen mich diese in Mailand,
poste restante.

Dölsach

Ich würde Ihnen rathen, mein junger Freund, diese Nach=
richten hier abzuwarten. Seine Hoheit, (sich leicht verbeugend) unser
durchlauchtigster Fürst pflegt in seinen Entschlüssen sehr schnell
zu sein. Vorbereitet durch die Comteß . . . die Angelegenheit
durch mich noch gestern Abend telegraphisch auf's Wärmste be=
fürwortet . . . es ist nicht unmöglich, daß Sie schon heute die
Ordre erhalten, nach der Residenz zu kommen. Es würde
daher rathsam erscheinen . . .

Martinus.

Ich will und kann hier nicht länger bleiben. Nicht eine
Stunde länger. . . .

Dölsach.

Ich verstehe.

Martinus.

Leben Sie wohl, Herr Hofmarschall, und nehmen Sie im
Voraus für alle Ihre Bemühungen meinen Dank, selbst für
den Fall sich meine Wünsche nicht erfüllen sollten.

Dölsach.

Auf Wiedersehen! (Martinus wendet sich zum Gehen.) Herr Doctor!
(leise und schnell.) Sie bürgen mir mit Ihrem Ehrenwort für Dis=
cretion. (Ihm die Depesche gebend.) Da, lesen Sie!

Martinus (die Depesche überfliegend).

Ist's möglich, Herr Baron, das hätten Sie versucht? Also
noch nicht Alles verloren, noch können wir hoffen, sie gerettet
zu sehen?

Unverkäufliches Manuscript.

Dölsach.

Pst! Geduld! In wenigen Stunden werde ich Franchetti's definitiven Bescheid erhalten, für dessen Erfolg ich allerdings keineswegs bürgen kann. Auch ich bin nach diesem Telegramm, trotz der vorsichtigen Fassung, der Ansicht, daß zwischen Graf Melnikoff und dem Club Differenzen entstanden sind. Welcher Art dieselben, ob sie schwerwiegender oder leichter Natur, läßt sich unmöglich ermessen. Verweigert der Club durch Stimmen= beschluß die Auskunft, — und ich muß Ihnen gestehen, daß ich dies leider für höchst wahrscheinlich halte, — so ist Ihnen jede Waffe gegen den Grafen entwunden und...

Martinus (erregt).

Und ... und ...

Dölsach.

Und die Comteß wird in einundeinerhalben Stunde Gräfin Melnikoff sein. Ich habe bereits heute Morgen Ordre gegeben, die an der Bahnstation anlangende Depesche mit der größten Eile hierher zu befördern. Sie sehen, junger Freund, ich selbst habe mich nach Kräften für die Sache engagirt. Ich verlange dagegen aber auch Vertrauen. Sie sprachen gestern die Ver= muthung aus, daß Comteß Dagmar nicht willig ihre Hand dem Grafen reicht. Also ein Zwang?

Martinus.

Ich habe jetzt Gewißheit.

Dölsach.

Mais ... mille pardons ... wer ... was zwingt sie?

Martinus.

Herr Baron, Sie sind ein Ehrenmann und handelten als solcher. Ihnen, der Sie der Comteß helfen wollen, wäre ich zu einem Aufschluß verpflichtet. Indessen das Geheimniß gehört nicht mir ...

Dölsach (abwehrend).

O, bitte ... bitte.

Martinus.

Lassen Sie sich genügen, zu erfahren, daß Graf Melnikoff sich durch eine unglückselige Verkettung von Umständen der Familie Wildenwart gegenüber in einer gewissen Machtstellung befindet, welche er in schmählicher, unwürdiger Weise ausbeutet.

Dölsach (verächtlich).

Fi donc! (Stolz.) Dieser Mensch hat unserem Stande nie= mals angehört. Mit Geld sind doch derartige Wegelagerer gewöhnlich abzufertigen. (Auf seine Uhr sehend.) Gleich ein Uhr, ich gebe die Hoffnung auf.

Martinus (wendet sich zum Gehen).

Dölsach.

Wohin?

Martinus.

Ich will dem Boten entgegenreiten, der das Telegramm bringen muß. Der Weg ist nicht zu verfehlen.

Dölsach (schnell und leise).

Halt! jetzt keine Unbesonnenheiten, junger Mann. Sie gehen und kleiden sich sofort um, um in der Gesellschaft erscheinen zu können. Sie erwarten mich in meinem Zimmer . . . oder besser hier. Sie finden mich hier oder in den Nebensälen en tout cas. . . . Vorwärts. Still . . . man kommt.

4. Scene.

Vorige. Wildenwart (mit) **Lange** (durch die Mitte).
(Lange bleibt an der Thür.)

Wildenwart (Dölsach begrüßend).

Herr Baron! (Zu Martinus.) Ich kann Ihnen nicht sagen, Martinus, wie froh mich Ihre Zusage gemacht hatte, den heutigen Tag hier zu verbringen . . . und umso schmerzlicher muß ich Ihren Entschluß bedauern, uns jetzt noch in dieser Stunde verlassen zu wollen.

Martinus.

Herr Graf, ich habe mich entschlossen, heute noch hier zu bleiben.

Wildenwart (ihm die Hand reichend).

Ich danke Ihnen, Martinus.

Martinus.

Gestatten Sie mir, mich jetzt zurückzuziehen?

Wildenwart.

Gerne. (Rufend.) Herr Lange!

Lange (kommt nach vorn).

Martinus (mit Dölsach nach links, flüsternd.)

Es bleibt also dabei, hier?

Dölsach.

Sie werden mich finden. Und die Contenance nicht verloren! (Martinus links ab.)

Wildenwart (zu Lange).

Bitte, melden Sie mich jetzt der Gräfin Türk.

Lange (sich nach der Mitte umwendend).

Hier ist die gnädige Gräfin selbst.

5. Scene.

Wildenwart. Dölsach. Lange. Alice (in Gesellschafts - Toilette).

Wildenwart (der Gräfin entgegen und ihr die Hand küssend.)
Dölsach (vorne, für sich).

Das erste Mal in meinem Leben, daß ich nicht in der Stimmung bin, einer schönen Frau Complimente zu sagen.

(Lange nach Mittelthür.)
Wildenwart (mit Alice nach vern kommend, zu Dölsach).

Die gnädige Gräfin hat die anstrengende Reise nicht gescheut, um ihr Versprechen einlösen und der Feier beiwohnen zu können. Diese Liebenswürdigkeit kommt Ihnen, Herr Baron, vor Allem zu Gute, der Sie die Ehre haben werden, die Gräfin zu Tisch zu führen.

Dölsach (sich verbeugend).

Ich bin entzückt und werde mich dieser Auszeichnung würdig zu erweisen bemühen.

Alice (verbindlich).

Herr Baron!

Dölsach.

Gestatten mir die Herrschaften jetzt einen alten Freund zu begrüßen. Ich sehe dort Herrn Doctor Heckel, den Standes=beamten unserer Residenz. (Er verbeugt sich und geht nach hinten, dort ertheilt er dem an der Thür stehenden Lange einige kurze Befehle; aus seinen Gesten ist ersichtlich, daß man ihn hier oder in den Nebensälen finden werde. Lange Mitte ab. Dann begrüßt Dölsach den im hinteren Saale sichtbar werdenden Heckel. Er premenirt mit ihm und verschwindet dann.)

6. Scene.

Wildenwart. Alice.

Alice (setzt sich.)

Also hier wird die Trauung stattfinden? Und gleich darauf in der Kapelle die kirchliche?

Wildenwart.

Diese unterbleibt auf besonderen Wunsch meiner Tochter.

Alice.

Das wundert mich. Es giebt wenige Mädchen, welche auf diesen weihevollen Augenblick Verzicht leisten. Sagen Sie, Herr Graf, ist es wahr, was ich höre, daß das junge Paar hier seinen dauernden Aufenthalt nehmen wird?

Wildenwart.

Ja. Besondere Verhältnisse veranlassen mich, den Herrn Grafen Melnikoff zu ersuchen, auf Wildenwart zu bleiben. Aber ich hoffe, Gräfin, daß dies kein Grund für Sie sein wird, uns alsobald wieder zu verlassen. Lernen Sie Dagmar kennen und Sie werden ihr eine wahre Freundin werden. Sie verdient es. Ihre Besorgniß, als Eindringling betrachtet zu werden, wird in wenigen Tagen zerstreut sein. Darum bereuen Sie es nicht, Ihr Versprechen gehalten zu haben, und nehmen Sie meinen innigen Dank dafür.

Alice.

Ueberschätzen Sie nicht mein Verdienst, Herr Graf, mich heute hier zu sehen. Ich habe lange geschwankt.

Wildenwart.

Umso dankbarer bin ich Ihnen, daß Sie über alle Bedenken hinweg . . .

Alice.

Ich wollte Ihnen schreiben. Aber keine Fassung genügte mir, jeder Versuch, Ihnen Alles so zu sagen, wie ich wirklich fühle und empfinde, mißlang. Ein jedes Wort, gesprochen zwischen zwei Menschen, die durch Achtung und Sympathie mit einander verbunden sind, klingt versöhnlicher, absichtsloser, als die beistylisirten Briefe, zwischen deren Zeilen der Empfänger gewöhnlich einen ganz anderen Sinn liest.

Wildenwart (ruhig).

Ich verstehe Sie, Gräfin, verstehe Sie vollständig.

Alice.

Herr Graf, ich hoffe das von ganzem Herzen. Ich hoffe, daß Sie in meiner Anwesenheit nicht die Absicht, Sie zu ver=letzen, sondern nur den Beweis aufrichtiger Verehrung sehen. Es wäre mir ein Leichtes gewesen, Ihnen all' das mit einigen Zeilen zu sagen. Ich habe die Eigenthümlichkeit der Situation, in welcher ich mich augenblicklich befinde, nicht gescheut, weil ich es für meine Pflicht hielt. . . . Ich ehre und achte Sie viel zu hoch, als daß ich mit einer Lüge auf den Lippen Ihnen in dieser Stunde entgegentreten könnte. Und, weil ich Sie ehre und achte, muß ich Ihren Antrag ablehnen.

Wildenwart (leise).

Ich wußte es.

Dölsach (wird auf einen Moment im Vorsaal sichtbar).

Alice.

Es würde Ihnen nicht zum Glück gereichen. Gewöhnt an ein Nomadenleben, welches ich nach meines Vaters Tode in freier Unabhängigkeit geführt, habe ich mich ganz meinen Launen

Unverkäufliches Manuscript.

und Neigungen überlassen, ohne mich je dem Willen eines
Anderen fügen oder gar beugen zu müssen, und diese unbezähm=
bare Willkühr meines Wesens paßt nicht für den stillen Frieden
dieses Hauses.

Wildenwart (bitter).

Für den stillen Frieden dieses Hauses.

Alice.

Und würden Sie meinen Charakter, die ganze Eigenart
meiner Natur mit ihren vielen Schwächen und wenigen Vor=
zügen kennen: Sie würden mir beipflichten. Nein, Herr Graf,
ich würde einem Manne, wie Ihnen, kein Glück bringen. Soll
ich einem Manne angehören für's Leben, so muß ich höher
stehen, als er, ich muß mich stärker, überlegener fühlen. Ich
muß ihn zu mir emporziehen können, (bezüglich) nicht aber zu ihm
emporsteigen müssen. Deshalb lassen Sie uns in Freundschaft
scheiden, Herr Graf, und seien Sie überzeugt, daß die warme,
herzliche Antheilnahme, welche Sie meinem Leben widmen wollten,
mich zu Ihrer dankbaren Schuldnerin macht.

Wildenwart (aufstehend).

Gnädige Gräfin! (Er will erwidern, Lange erscheint in der Mittelthür.) Sie
wünschen, Herr Lange?

7. Scene.

Vorige. Lange.

Lange.

Erlaucht, es ist halb zwei Uhr. Herr Doctor Gernsdorf
bittet um die Ehre.

Alice.

Ich ziehe mich zurück und hoffe, daß Sie, Herr Graf, ohne
Groll an diese Stunde denken werden. (Von Wildenwart begleitet links ab.)

Wildenwart.

Ich lasse bitten. (Lange läßt Doctor Gernsdorf durch die Mitte herein.)

8. Scene.

Wildenwart. Gernsdorf. Lange. (Gleich darauf) **Dölsach.**
(Dann) **Martinus.**

Gernsdorf.

Sind Sie bereit, Herr Graf?

Wildenwart.

Ja. (Zu Lange.) Rufen Sie den Herrn Grafen Melnikoff
hierher. (Lange ab.)

Dölsach
(kommt vom Vorsaal nach vorne und stellt sich in nervöser Unruhe an's Fenster; er zieht seine Uhr)

Alles umsonst gewesen!

(Wildenwart und Gernsdorf sind am großen Tisch mit Papieren beschäftigt, Beide mit dem Rücken gegen Mittelthür und Fenster gewendet.)

Gernsdorf.

Und über die Zahl der Briefschaften und sonstigen Documente sind Sie vollständig orientirt? Sie haben also die Garantie der vollständigen Auslieferung?

Wildenwart.

Ja, durch meinen Freund, den Pastor Böhme.

Martinus
(wird im Vorsaal sichtbar und sieht sich um; dann stürzt er {mit einem Couvert in der Hand auf Dölsach zu).

Hier!

Dölsach (fieberhaft).

Geben Sie her! (Er zittert.) Fassung! (Er erbricht den Brief und liest.)

Wildenwart (zu dem wieder eingetretenen Lange).

Erwartet mich die Comteß?

Lange.

Die Comteß sind mit der Frau Gräfin, dem Herrn Pastor und Fräulein Leo im blauen Saal.

Martinus (vor Dölsach, athemlos).

Nun ... nun ... verloren?

Dölsach (mit glücklichem Lächeln).

Da!

Martinus (überfliegt die Depesche).

„Beschluß ... Club ... einstimmig ... in Anbetracht besonderer Verhältnisse ... 14. März" ... bestätigt vom deutschen Consulat.... Herr Baron ... ich fasse es nicht ... mir schwirrt und flimmert es vor den Augen.

Dölsach.

Pst! Wir sind nicht allein.

Lange.

Der Herr Graf wird sofort erscheinen. (Ab.)

Martinus (leise zu Dölsach).

Er kommt zur rechten Zeit.

Dölsach (leise).

Was wollen Sie thun?

Martinus (leise).

Reine Luft schaffen!

Manuscript not for sale.

7*

Dölsach (leise).

Ich lege Alles in Ihre Hände. (Stolz.) Sollten Sie aber meines Namens bedürfen, so stehe ich selbstverständlich mit meiner ganzen Person zur Verfügung. Ein Dölsach fürchtet sich nicht vor einem (verächtlich) Melnikoff!

9. Scene.

Vorige (ohne) **Lange. Melnikoff** (von rechts).

Wildenwart
(sich umwendend, sieht jetzt erst Dölsach und Martinus).

Ich muß die Herren höflichst ersuchen, sich jetzt zurückzu= ziehen. Wir treffen uns dann im blauen Saal.

Martinus
(während Dölsach nach dem Vorsaal geht, mit einem Blick auf Melnikoff, für sich).

Nein, wir treffen uns hier. Gestatten Sie mir noch eine Frage, Herr Graf, werden die Herren hier lange beschäftigt sein?

Wildenwart (sich fragend zu Gernsdorf umwendend).

Nur wenige Minuten?

Gernsdorf (bejaht).

Martinus
(nach dem Vorsaal, man sieht ihn dort unruhig auf- und abgehen).

10. Scene.

Wildenwart. Gernsdorf. Melnikoff.

Gernsdorf
(in der Mitte, Melnikoff rechts, Wildenwart am Kamin).

Gemäß der zwischen dem Herrn Grafen von Wildenwart und Ihnen, Herr Graf, getroffenen Vereinbarungen haben Sie jetzt die in Ihrem Besitze befindlichen Documente sämmtlich aus= zuliefern.

Melnikoff
(tritt an den Kamintisch und legt ein Buch und ein Paquet Briefe auf den Tisch).

Hier sind sie.

Wildenwart
(ergreift sie stürmisch, er betrachtet sie, öffnet das Buch, läßt die Seiten durch die Finger gleiten und murmelt dann).

Theuer erkauft ... mit meines Kindes Glück! (Er steckt sie in die Brusttasche. Pause, während welcher er lange in die Flamme starrt; dann richtet er sich auf.) Ich bitte jetzt die Herren, mir zu folgen.

Gernsdorf
(geht bis zur Thür, dort tritt ihm Martinus, der die Vorgänge auf der Bühne vom Vorsaal aus genau beobachtet hat, entgegen).

11. Scene.

Vorige. Martinus.

(Wildenwart vorn links, Melnikoff vorn rechts).

Martinus (in der Thür, leise zu Gernsdorf).

Ist Alles ausgeliefert?

Gernsdorf.

Ja.

Martinus.

Ich danke Ihnen.

Gernsdorf (durch den Vorsaal ab).

Martinus
(ist in den Saal getreten und bleibt hart an Thür stehen).

Wildenwart (geht von links Mitte ab).

Melnikoff
(folgt als letzter, langsam, in Gedanken. Als er sich der Mittelthür nähert, tritt Martinus vor diese).

12. Scene.

Melnikoff. Martinus.

(Die Scene leise und schnell zu spielen.)

Martinus (immer sehr ruhig).

Herr Graf, ich bitte auf ein Wort.

Melnikoff (immer kalt).

Ich bedauere, man erwartet mich.

Martinus.

Bleiben Sie, Herr Graf.

Melnikoff (der eben in die Thür treten will).

Sie haben den Augenblick schlecht gewählt, ich ..

Martinus (vor der Thür).

Sie bleiben!

Melnikoff.

Mit welchem Rechte dieser Ton?

Martinus.

Das Fragen ist an mir. Sie haben nur zu antworten.

Melnikoff.

Mein Herr!

Martinus.

Kurz und klar: wir haben keine Zeit zu verlieren. Wollen Sie von der Verbindung mit Comteß Dagmar zurücktreten, jetzt noch in diesem Augenblick?

Unverkäufliches Manuscript.

Melnikoff.

Ich glaube, Herr, Sie sind von Sinnen. (Wendet sich ein wenig der Mitte der Bühne zu.)

Martinus.

Daß ich es nicht bin, werde ich Ihnen beweisen. Sie werden der Comteß Ihre Hand nicht reichen.

Melnikoff (bereits gebend).

Belästigen Sie mich nicht länger.

Martinus (ihm den Weg vertretend).

Ihre Karten waren falsch gemischt, Herr Graf. Sie haben das Spiel verloren! Entschließen Sie sich und verlassen Sie das Schloß sofort. Den Grund dafür anzugeben, überlassen Sie mir.

Melnikoff (frostig).

Ah, Sie wollen mich also beleidigen. Ich stehe morgen zur Verfügung.

Martinus.

Nein heute . . . gleich!

Melnikoff (höhnisch kalt).

Die Eifersucht scheint sie toll gemacht zu haben. Die Zeit der nächtlichen Stelldichein ist allerdings vorbei.

Martinus
(zuckt zusammen, gewinnt aber sofort seine Haltung wieder).

Sie wollen also nicht freiwillig zurücktreten?

Melnikoff (verächtlich).

Ah pah!

Martinus.

Auch nicht, wenn ich Ihnen hier in wenigen Secunden vor Allen zurufe, daß Sie unwürdig sind, der Comteß die Hand zu reichen?

Melnikoff.

Ich verliere die Geduld. Geben Sie den Weg frei, oder . . .

Martinus.

Auch nicht, wenn ich Ihnen beweise, daß Sie ein . .

Melnikoff (zornig).

Nun ist's genug. Und dies mein letztes Wort.

Martinus.

Sie wollen also Ihre Vernichtung? Nun gut! (Er eilt in den Vorsaal, zu einem dort befindlichen Diener, sehr laut.) Rufen Sie den Herrn Graf Wildemwart hierher, sofort, unverzüglich!

Melnikoff (düster).

Was wird er beginnen? (Macht einen Schritt nach links.)

Martinus (sich wieder zu Melnikoff wendend).

Nicht von der Stelle! (Zurück.) Jetzt, mein Herz, halte aus. Es gilt Dagmar's Befreiung!

13. Scene.

Vorige. **Wildenwart** (durch die Mitte). (Gleich darauf) **Dagmar**. (Später) **Alice**.

Martinus (ruhig).

Herr Graf, ich frage Sie, ob Sie gewillt sind, Ihre Tochter diesem Herrn zu vermählen?

Melnikoff (auf ihn zu, wüthend).

Herr, Sie rasen!

Wildenwart (fragend).

Martinus!

Dagmar
(tritt in die Mittelthür, sie trägt ein weißes Atlaskleid und einen Kranz ohne Schleier).

Martinus (ruhig).

Und ferner, Herr Graf von Wildenwart, bitte ich um die Erlaubniß, Ihnen eine kurze Geschichte erzählen zu dürfen. Sie ist interessant genug.

Melnikoff.

Das ist zu viel. Herr Graf, schützen Sie mich vor diesem Menschen.

Dagmar (ist jetzt in der Mitte der Bühne). *)

Martinus (ruhig beginnend).

Der Club international zu Nizza . . . (Melnikoff zuckt zusammen) . . . war in diesem Frühjahr der Schauplatz eines schändlichen Vorganges. In diese ehrenwerthe Gesellschaft hatte sich ein Abenteurer eingeschlichen . . . (er kann vor Erregung kaum sprechen). Er gewann ungeheure Summen. Der junge Graf von Lörren verlor in einer Nacht sein ganzes Vermögen an ihn und jagte sich dann eine Kugel in den Kopf. Wenige Tage darauf ist der Elende, nachdem man ihn mehrere Male scharf beobachtet

*) Stellung.

Dagmar.
*
Wildenwart.
*
Martinus. *   Melnikoff.
*   *

Manuscript not for sale.

hatte, auf betrügerischem Spiel ertappt worden. Er wurde entlarvt und infam cassirt. (Auf Melnikoff zutretend, mit donnernder Stimme.) Und dieser Schurke, Graf Paul Sergei von Melnikoff, sind Sie! (Alice ist während dessen eingetreten und bleibt in der Mittelthür stehen.)

Melnikoff (keuchend).

Verleumdung!

Martinus (wieder ruhig).

Die unwiderleglichsten Wahrheitsbeweise sind in meiner Hand. Hier, Herr Graf, lesen Sie! (Er giebt Graf Wildenwart die Depesche, welcher sie mit dem Ausdruck des höchsten Entsetzens liest.)

Melnikoff (für sich).

Verloren!

Martinus.

Und nun wiederhole ich meine Frage: Herr Graf Wilden-wart, sind Sie auch jetzt noch gewillt, Ihre Tochter diesem Manne zu geben?

Wildenwart (ergrimmt).

Niemals!

Martinus (sich zu Dagmar wendend).

Comteß, sind Sie auch jetzt noch zu dem Opfer bereit?... Antworten Sie, Dagmar!

Dagmar
(reißt sich den Kranz aus dem Haar und wirft ihn Melnikoff vor die Füße).

Melnikoff (zuckt, da er Dagmar sieht, zusammen).

(Tiefe Pause.)

Martinus.

Man hat Sie aus dem Club gejagt, weil Sie sich un-würdig zeigten einer ehrenwerthen Gesellschaft. Man jagt Sie heute aus diesem Hause, weil man keine Gemeinschaft mit Ihresgleichen haben will.

Melnikoff (ergrimmt).

Und meine Rache . . . wird sein, daß ich . . .

Martinus (siegesbewußt).

Versuchen Sie es, Ihr Werk zu vollenden, versuchen Sie es, die Ehre dieses Hauses, welches Sie nur zu lange mit Schrecken und Angst bedrohten, zu schmähen! . . . (Verächtlich.) Wer wird Ihren Worten, den Worten eines Ehrlosen, Glauben schenken!

Melnikoff
(der sich krampfhaft am Tische festhält, will zusammenbrechen).

Martinus.

In die Höhe, Herr, es sind Damen zugegen!

Melnikoff (nach kurzem Kampfe).

Ich habe das Spiel verloren. All' meine Hoffnung hatte ich darauf gesetzt, es zu gewinnen. (Zu Wildenwart.) Ich sagte Ihnen damals, Herr Graf, daß mich die Treulosigkeit eines Mädchens, das ich geliebt, bis zu diesem Abgrund geführt.... Ich sprach die Wahrheit.... Ich wollte besser werden. Ich wollte mich emporringen aus all' dem Häßlichen, wohin mich Ver= zweiflung und Leichtsinn gelockt. (Zu Dagmar.) In der Liebe zu Ihnen, Comteß, in Ihrem Besitz, unter Ihrem veredelnden Ein= flusse glaubte ich die sicherste Gewähr für den richtigen Weg wiederzufinden. Deshalb habe ich gekämpft. Nun hat mich auch diese letzte Hoffnung betrogen, nun habe ich auch den einzigen Rettungsanker verloren! Ja, ich wollte besser werden! Sie selbst weisen mich auf den alten Weg zurück! Sie selbst stürzen mich wieder dem alten Elend in die Arme! Nun, nachdem ich auch das Letzte, was mich fesselte, verloren, Nichts mehr, kein menschliches Wesen mehr mein Eigen nennen kann, auf dessen Milde ich rechnen darf, nachdem auch Sie mich statt Lieben Hassen gelehrt, habe ich, hoffnungslos in die Zukunft blickend, nur noch ein Ziel vor Augen, nur noch ein Werk zu vollbringen: das meiner Rache gegen dieses Haus!

Wildenwart (die Dokumente aus seiner Brusttasche nehmend).

Unser Vertrag ist zerrissen. Hier! (Er streckt sie ihm entgegen.) Nun thuen Sie, was Ihnen beliebt!

Melnikoff.

Ja! Wer will mich hindern, diesen Kampf auf's Neue aufzunehmen?

Alice (vortretend).

Ich! (Allgemeine Bewegung. Sie nimmt Wildenwart die Dokumente aus der Hand und wirft sie in das Kaminfeuer.)

Melnikoff (einige Schritte nach links, starrt sie an).

Alice!

Wildenwart.

Gräfin Türk!

Alice.

Ja, ich habe den Muth, es zu sagen. Ich war jenes Mädchen, welches in thörichtem Leichtsinn, die Hand des damals ehrlichen Mannes zurückwies. Ich bekenne es frei, durch mich, die er geliebt und die ihn verließ, ist er, ein Verzweifelter, ge= sunken. Aber, was ich Ihnen einst gesagt, Melnikoff, als wir uns hier wiedersahen: daß Ihnen diese Hand eine feste Stütze werden soll, wenn Sie ihrer bedürfen: es soll Wahrheit werden. Ich weiß, welches Wagniß ich unternehme. Aber ich kenne jetzt

Unverkäufliches Manuscript.

nur noch die eine Aufgabe meines Lebens: ich, die Sie erniedrigt,
will es versuchen, Sie auch wieder zu erhöhen. Alle Diese, an
denen Sie schwer gesündigt, wenden sich von Ihnen, Melnikoff,
ich, die ich an Ihnen schwer gefehlt, will Sie stützen! Ich
habe Ihnen die Rache genommen, ich will Ihnen das Glück
dafür geben!

Melnikoff

(der Alicens Rede mit verzweifelten, dann immer flehenderen Gebärden begleitet hat, stammelt).

Ja ... das ist ... Rettung.... Dank ... Alice, tausend
Dank! (Er stürzt links ab. Tiefe Pause.)

Alice (zu Wildenwart).

Herr Graf ... kein Schatten mehr soll Ihr Leben trüben,
ich bürge Ihnen dafür! (Zu Dagmar.) Die ersten und letzten
Worte, die ich zu Ihnen, Comteß, spreche, lauten: Das Glück
sei mit Ihnen für Ihr ganzes Leben! (Rechts ab.)

14. Scene.

Wildenwart. Dagmar. Martinus. (Durch die Mitte) Gräfin
Bernrod (und) Dölsach.

Wildenwart (mit überströmender Empfindung).

Martinus, wie soll ich Ihnen danken!

Martinus (sich nach Dölsach umwendend).

Nicht mir. Diesem danken Sie. Nur mit seiner Hülfe ist
es gelungen.

Dölsach (im Hintergrunde, liebenswürdig abwehrend).

Martinus (zu Wildenwart, der ihm beide Hände reicht).

Jetzt keinen Dank. Ich habe nur meine Pflicht gethan! —
Nun ist der Alp von Ihrer Seele genommen, Herr Graf, nun,
Dagmar, können Sie hinweg über Alles Niedrige, was Ihr
Leben verdüstert, hinausschauen in eine helle, sonnige Zukunft!

Dagmar

(welche während der ganzen Zeit regungslos dastand, stürzt auf Martinus zu).

In eine helle Zukunft, ja, mein Geliebter, Dir will ich sie
schaffen, mit Dir will ich das Leben theilen, mit Dir das Glück
genießen!

Martinus (sie selig anschauend, greift sich an's Herz)

Endlich ... endlich)!

Wildenwart.

Dagmar?

Dagmar.

Ja, Dich will ich lieben für alle Zeit. Dir, Vater, Euch Allen, die Ihr mich geliebt, gestehe ich es ohne Erröthen. Hier steht der Mann, dem mein Herz, mein Leben, Alles ... Alles gehört. Ich wäre zu Grunde gegangen ohne ihn.

Wildenwart (übermannt).

Dagmar, mein Kind, mein theures Kind! (Umarmung.)

Gräfin.

Ja, jetzt erkenne ich Dich wieder, Dagmar!

Martinus.

Sie staunen, Herr Graf? Glaubten Sie, daß ich, von Dagmar's Freundschaft beglückt, leben konnte, ohne sie zu lieben? Auch ich flehe um Ihren Segen. Ich will das Glück, das mir ein gütiges Geschick verliehen, zu verdienen suchen in dem heißen Bemühen, Ihr Kind glücklich zu machen, beseelt von dem Wunsche, Ihr Leben wieder freundlich zu erhellen und Ihnen Alles zu vergelten, was Sie an mir gethan!

Dölsach (zur Gräfin).

Ein ganzer Mann! Mich wundert nur, daß er nicht Alfred von Martinus heißt.

Gräfin.

Dieser Mann verdient das Glück.

Wildenwart
(Dagmar aus seinen Armen lassend, welche sich willig der Gräfin überläßt; er tritt auf Martinus zu und sieht ihm lange in die Augen).

Mein Freund! (Ihm beide Hände reichend.) Mein Sohn!

15. Scene.

Vorige. Lange (durch die Mitte).

Lange (giebt Dölsach eine Depesche).

Dölsach (öffnet sie und reicht sie Martinus).

Dem Herrn Professor Martinus meinen Glückwunsch.

Martinus (zu Dagmar).

Und willst Du mir nun auch folgen, Dagmar, zurück an den Hof?

Manuscript not for sale.

Dagmar (in seine Arme stürzend).

Wohin Du willst, Geliebter! Mein Leben gehört Dir, nur Dir allein!

Martinus (sie jubelnd umarmend).

Dagmar ... Dagmar!

Wildenwart (zur Gräfin).

Sie lieben sich ... sie werden glücklich sein ... und wir mit ihnen!

(Der Vorhang fällt.)

Ende.

Manuscript not for sale.

Felix Philippi.

—◄•►—

Hergestellt in der Officin von R. Boll, Berlin 1888.

www.ingramcontent.com/pod-product-compliance
Lightning Source LLC
Chambersburg PA
CBHW022145020726
47496CB00008B/2561